女たちの大陸逃亡記

横山憲子
Noriko Yokoyama

風媒社

発刊に寄せて

私の祈り

冨田 輝司

昭和六年（一九三一）、熊本県天草の貧農の家に生まれ苦学して教員になった父と天草で代用教員だった母の長男として生まれた私は、八五年の歳月を経て、愛知県豊田市の集落に最後の居を求めて四年になります。

御縁があって天草出身の横山憲子さんにお会いすることができました。この手記にあるように、彼女の母親は天草から中国（旧満州）に渡りました。横山さんはそこで生を受け、四歳のとき、敗戦という状況の中でお母さんと共に大陸に取り残されたお一人です。

私も満州事変の時に生まれ、その後の激動の日本で困難な生活を強いられた家族の一員です。三歳から父の仕事の事情で東京での生活を続けていた私たちは、終戦二年前に東京から長野県別所温泉へ学童疎開を余儀なくされました。教員であった父は召兵されることなく学童疎開の任務を任されました。終戦の年に長野県から東京に戻り　そこで再びもとの中学校で過ごすことになりました。詳しく記すことはできませんが、私にとって全ての価値観が覆り、新しい生き方の模索を強いられた、自分史の中でも最も苦難の多い時代でした。ここで言葉に言い表すことができないような惨状・激動、そして混乱の時代。今までの価値観が全て捨て去られるように感じたこともしばしばでした。

横山さんもそんな時代に母国日本に帰って来られ　言い表すことができないような困難な生活を強いられたと推察します。

数少なくなった当時の状況の語り部として、この本を私たちに示していただけることに感謝しています。

私にとって戦後七〇年と戦中戦前の生活は、困難複雑な日々の繰り返しでした。いま、メディアで流される当時の写真記録等と私自身を重ね合わせながら、ゆっくりといろいろな想いを馳せ巡らせています。その当時の経験と悲惨で悲しい出来事は、今でも脳裏深く刻まれています。ただゆっくりと忘れ去ってしまうのではないかと、或いは忘れ去ってしまおうと思っているのではないかと危惧を抱くこともしばしばです。

私が戦後七〇年間仕事をして来た場所、終戦後の荒れ果てた東京・北米のスラム・南米の国々・貧困と崩れ果てた秩序・独裁政治（権力・財力と軍事力に溺れた人々の姿）・東南アジアの貧困・部族間の闘争に怯える庶民の惨状・アフリカでの植民地政策によって打ち砕かれた庶民生活など、負の遺産を未だに背負いながら一生懸命生きようとしている人々と接して、歴史の残虐さを感じずにはいられませんでした。

歴史は変えることはできません。

横山さんのように、「人生のひとこま」であるこの体験を真正面から見つめ、お互いに反省すべきは反省し、今日の生き方に、そして明日へ生かされるように願っています。七〇年間の私の生活の中で学んだことは、私も含め「人は誰でも優しくも残虐にもなれる可能性を秘めている」ということです。私たちの責任は、人々の優しさを引き出すことができるような生活の場づくりであり、苦しいけれど我々の非を認め、お互いに「許し」の心を育てていかなければならないと思います。この書が一人ひとり自分自身の「非」を静かに認め、許しの心を育てることのできる力となってくれることを願っています。

二〇一五年五月

冨田 輝司（とみた・てるし）
一九三一年（昭和六）熊本県天草に生まれる。青山学院大学を経てニューヨーク・コロンビア大学院に学ぶ。同大学卒業後、国際社会事業団に勤務。一九六〇年マサチューセッツ州児童保護局、ニューヨーク市児童相談所副所長となる。東ニューヨーク精神衛生診療所で精神分析療法などのコンサルタントとして職員の指導にあたる。ニューヨーク州立大学大学院教授などを歴任中、少数民族の公民権運動を指導し生活向上推進のために働く。
一九八〇年～：ノートルダム清心女子大学の客員教授として来日、行動心理・集団分析療法・人間関係学などを教える。
一九八三年～：国連難民高等弁務官 アフリカザンビア事務所勤務。
一九九七年～：日本福祉大学、愛知みずほ大学教授。愛知みずほ大学学長（二〇〇五～二〇〇八年）。
現在、東海アジア太平洋地域開発研究所所長などＮＰＯ法人理事長などを勤める。愛知県豊田市在住。

はじめに

「自分の戦争体験を残さなくては…」と思いたったのは平成一八年、本書に登場する宮崎の叔母に連れられて、東京稲城市の近藤さんご夫婦を訪れた時であった。私が六五歳の時だ。三人とも、二〇代の時に中国で終戦を体験した人たちで、会ったとたんタイムスリップしたかのように、逃亡体験を語り始めた。当時四歳だった私の様子なども語られた。三人の臨場感あふれる衝撃的な話に刺激され、私もかすかな記憶をたどることができたのだった。同席された近藤家の娘さんたちも、「こんな話、母の口から聞くのは初めてです……」と驚きと愛おしさが入り混じった複雑な表情を見せた。

私は、「このままではいけない、伝えていかなくては…」という思いに駆られた。

それから半年ほど経ち、思いついたことをパソコンに入力し始めた。近藤さんご夫婦に再度の聞き取りを行い、宮崎の叔母の所にも二度足を運んだ。

その傍ら、私の住む愛知県豊田市の地方紙『矢作新報』の編集長の新見克也さんに相談をしたところ、私の体験記を連載で掲載することを快諾してくださった。平成二一年、逃亡から解放までを十一回シリーズにまとめ、半年かけて連載させていただいた。本書の第一部は、その連載をほぼそのまま掲載している。

終戦当時四歳だった私は、逃亡中の劣悪な環境の中、親や周りの大人の保護のもとに過ごしたはずだ。そのぶん親の苦労は並大抵なものではなかったと思う。いま思うと、逃亡自体、子どもにとっては苦労と言うより、「不自由」という程度にしか感じていなかったのではないだろうか。しかし、日本に引揚げてからは、少女期だったということと、母親と離れ離れに暮らした辛さが重なり、小さな心がいつも潰されそうだった。涙と共にご飯粒をかきこみ、独りで耐えたこともしばしばあった。もちろん、引揚者の私たち親子を受け入れ、特に中学時代に私を居候させてくれた親戚の伯父（母の実家）たちの援助には感謝して止まない。

終戦後、命からがら生き延び、大陸から日本に帰って来たものの、居場所を見いだせなかった人は少なくない。心理的に打撃を受け、完全に立ち直るのには数十年もかかったはずだ。

『矢作新報』の連載終了後、「やはり引揚げ後のことも書き残さなくては…」と思い立ち、少しずつ思いを書きとめた。仕事の傍らだからなかなか筆が進まず、気がついたら五年もの年月がかかっていた。そうして書き上げたのが第二部だ。

二〇一五年は戦後七〇年にあたる年だ。当然、当時四歳だった私も七四歳になる。風邪ひとつひかなかったのが、昨年から体調に変化が現れはじめた。もう何が起こってもおかしくない年齢だ。急いで出版にこぎつけないと遺稿になってしまう……。執筆中、何度そんな思いに駆られたことか。

いま無事に出版に至ったことが、ことさらに感慨深く、「やっと、ひとつの区切りがついた」と胸をなでおろしている次第です。

二〇一五年六月

著者

目次

◉第二部

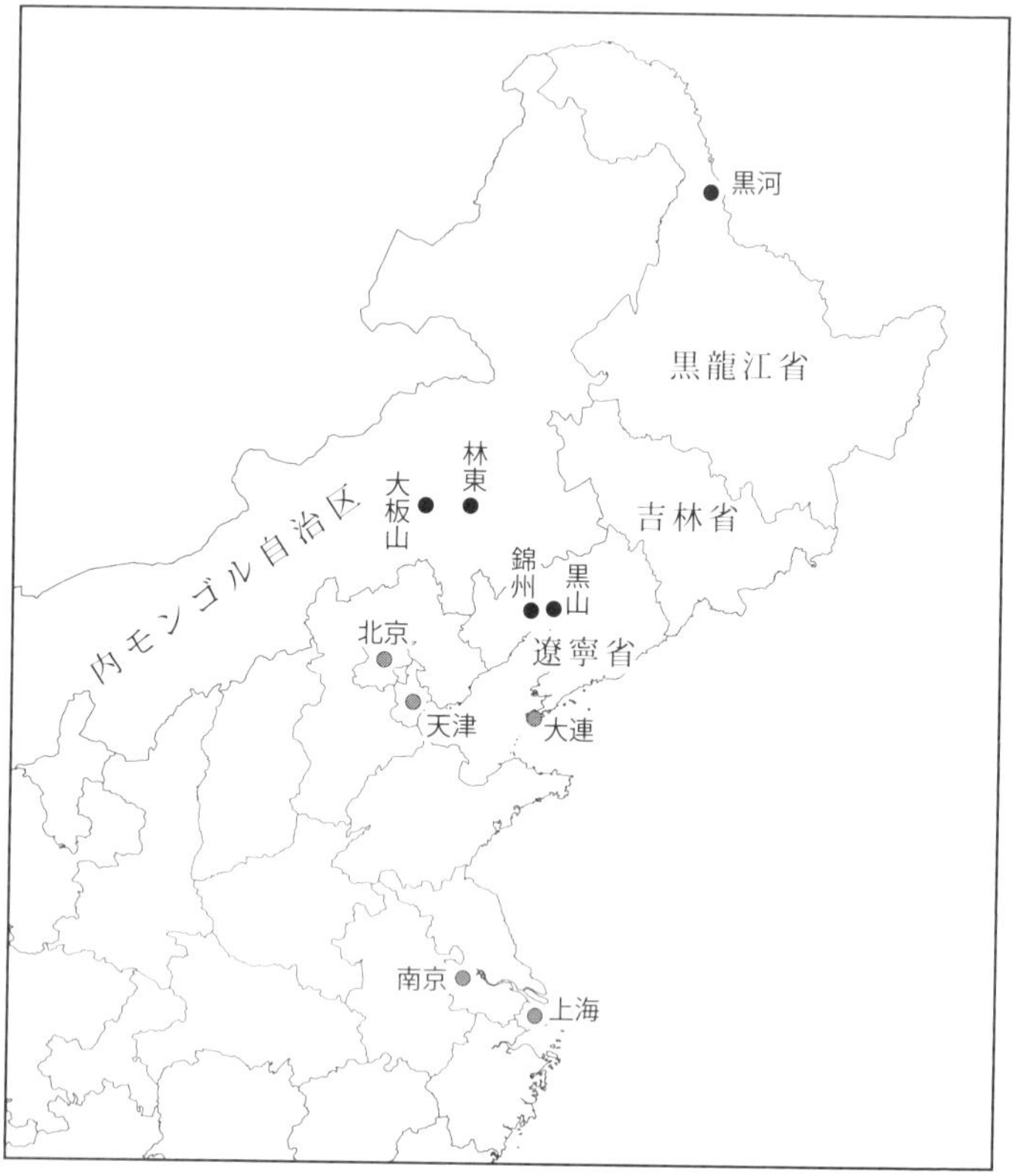
黒河
黒龍江省
林東
大板山
吉林省
内モンゴル自治区
錦州
黒山
北京
遼寧省
天津
大連
南京
上海

第一部

敗戦の気配

中国東北部の最北端、黒龍江省黒河というところで私は産声を上げた。それは日本が終戦を迎える五年前、一九四〇年のことである。

「黒河」とはロシア語で「アムール河」のことだ。私が記憶しているのは、ただただ寒くて、手がこごえて泣いていたことだけである。

母の話によると、ロシア人のおばさんが赤ん坊だった私を「鼻が低くて可愛い！」と大そうかわいがってくれたそうである。

私が大人になって母から聞いた話では、冬になるとアムール河が凍り、その上を馬車が往来していて、河向こうの教会からは賛美歌が流れて来たそうである。話を聞いているだけで、その美しい風景にうっとりとひたったものである。いつか子供の手が離れたら絶対行こうと、思うようになった。

三歳まで育った素敵な地を、どういうわけか南下して内モンゴル（現・内モンゴル自治区）の赤峰の近くにある大板山という街に移り住んだ。

父は「福栄組」という看板を掲げて建築の仕事を始めたそうである。中国人も何人か働いていたらしい。もちろんこれは私の記憶ではなく、いま宮崎県に住んでいる叔母（父の妹）に聞いた話である。

当時、私の妹が生まれたばかりで、その世話をさせるために父が叔母を呼び寄せたそうである。

四歳になっていた私は、やっと物ごころが付き始め、気がつくといつも父のかいたあぐらの中にすっぽりおさまっていた。

目の前には父が両手で広げた新聞が広がり、母は台所で何かをしていたような気がする。生後八カ月ぐらいだった妹は、きっと母がおぶっていたか寝かされていたのだろう。一緒に何かをしたという記憶はまったくない。

その頃の記憶が薄いのは、いろいろな面で何不自由なく、時が緩やかに流れていた

からだろう。

しかし大人たちの間ではすでに、敗戦の気配を感じ取っていたようである。

おぼろげな記憶だが、私も何か特別の装いに着替えさせられて、写真屋さんが来てくれたのか、写真屋さんで撮ったのか、三脚を立ててパチパチ撮影された記憶がある。アルバムに晴れ着を着て撮った家族写真や、ひとりの写真があるのは、その時撮ったものであろう。

1歳の頃。黒河にて（右が母）

ある日、周りがにわかに騒がしくなり、子供心にも、普通でない何かが起こったということを悟った。

家族以外にもいろんな人が来て、おにぎりを作ったり、持って行く物の準備をするためなのか、みんなせわしく室内を動き回っていた。

とにかく家の中を人が目まぐるしく行きかい、私に目をくれる人は誰もいなかった。四歳とはいえ、どうしたらいいのかわからず、一人ぼっちのさみしさをあじわった。

最近になって宮崎の叔母から話を聞くことができ、それは昭和二〇年八月の、まだ終戦の声を聞く前の八月十三日ごろだったと分かった。

一時避難ということで、身支度もそこそこに、父の会社のトラックで林東という所に逃げたらしい。どのように逃げたのかは全く記憶がない。ただ大勢の人たちと一緒にいたのを覚えている。

妹の存在については全く記憶がない。

逃亡生活の始まり

逃亡するときは男女別々に逃げるのが常識だった。男は見つかるとすぐさま殺されるという噂が流れていたのである。でも、何故か父ともう一人の男性だけは、みんなの面倒を見ながら私たちと逃亡を共にしていた。記憶の中では、逃亡の初日はトラックの荷台のようなところに乗せられていたように思う。辺りが暗かったから夜だろう。

一緒に逃亡生活をした近藤さん（現在、東京都稲城市在住。八七歳ぐらい）の話によると、当時現地には日本人のための市役所があった。また日本人で組織された「協和会」という組織があったそうだ。混乱の終戦直前である、市役所といえど民間人を思いやる指揮系統はほぼ皆無に等しかったのだろう。結局私たち民間人は取り残され、自分たちで逃げるしかなかったそうだ。

両親と生後３カ月の私。黒河にて

私たち一行には乳飲み子から四歳まで十三人の子供がいた。大人を合わせると三〇人近くいたそうである。幸い父の会社にトラックがあったのでみんなを乗せ、中国人の運転手を頼んで、林東（赤峰の北）方面に逃げたらしい。

ところがそこでも暴動が起き、運転手は逃げ、私たちはトラックを置いたまま歩くしかなかったそうだ。

何を食べ、どこをねぐらにして、どのように過ごしたのか、私は何も覚えていない。ただ、それまで意識したことのない妹を、はっきりと認識した情景が目に浮かぶ。それは砂漠らしき所を歩いている時であった。母の背には確かにそれらしい子がはり付いていた。私はといえば宮崎の叔母に手をひかれ、引っ張られるようにして歩いていた。

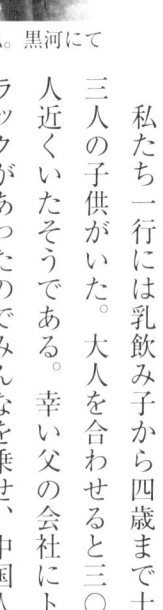

宮崎の叔母が言うには、どうやら林東にもソ連兵が押し寄せて来ているという噂があったので、次の日にはまた大板山に戻ることになったらしい。

ところが大板山の街に近づくと、住んでいた家は炎に包まれていたそうである。どこから調達してきたのか、幌の無いトラックらしき車に乗ったまま街をあてもなく彷徨《さまよ》っていたら、我が家で飼っていた大きな黒い蒙古犬（子牛ほどある）も街をうろついていた。呼んだらすぐに寄ってきて感動した記憶があるが、結局帰る家もない惨《みじ》めな飼い主にはどうすることもできず、泣きながら犬と別たように思う。動物が大好きな私にとって、忘れられない悲しい想い出となった。

そんな途方にくれているとき、上空に日本の飛行機が飛んできたのであった。救いを求めるかのように、みんな必死に手を振ったら、なんと機関銃による銃撃を受けたそうである。

怪我人が出たかどうかは不明だが、ショックは大きかったであろう。どうやらその日の丸機はソ連側に戦利品として奪われた飛行機だったらしい。

トラックを運転していた中国人は大板山の人だったらしいが、突然の展開に逃げてしまい、私たちもトラックを置いて必死に逃げたそうである。

途方にくれ、この先どうするか話し合っていた時、知り合いの中国人たちが粟のご飯を持って来てくれたそうである。決しておいしいものではなかったが、その心遣《づか》いが嬉しくて、みんなでありがたく頂いたという。

立場は敵国のはずだが、民間人同士の人情、友情はそう簡単にくずれるものではなかったらしい。

川の水でもいいから……

炎に包まれた大板山の家並みを後にして、私たちは再び林東方面に逃げることにしたという。このあたりのことはほとんど覚えていないが、大人たちはさぞかし悔しかったであろう。日中もさることながら、夜も星空を見ながらひたすら歩いた。砂漠には特徴のある目印があるわけではなく、ただ月を見て歩くだけなので、同じような所をぐるぐる回っていたこともあったようだ。

寝る時もカモフラージュのための草を体に巻きつけていたそうだ。

どんな手段で移動したかはっきり憶えていないが、とにかく暗いうちに起こされ、いつも急《せ》かされていた。場面が次から次へと変わり、だんだんと闇の中へ入っていく感じがした。子供心にも「逃げている」ことを肌で感じた。緊張の連続だったのだろ

う……。

いくつの昼と夜を繰り返した時だろう。比較的ききわけの良かった私が、ただ一度だけ強烈に自己主張したのを今でもはっきり覚えている。

「お水が飲みたい！　川の水でもいいから飲みたい！」

それはよく晴れた日中だった。叔母に手をひかれていた私は、川の水を目にしたとたん喉の渇きに耐えられなくなったのであろう。ただひたすら歩かされ、いい子にしていた私も、この時ばかりは必死に駄々をこねた記憶がある。

3歳の頃。母と

振り向くと妹は母におぶわれていた。

水を飲んだのか飲まなかったのかは憶えていない。「川の水でもいいから飲みたい！」と母にせがんだあの言葉と、あの時の砂漠に流れるひとすじの川と、川べりに生える背丈の低い草木が、一枚の絵のように、今でも鮮明によみがえる。

ひたすら続く同じ風景、まったく笑顔の見られない鬱々とした雰囲気の中で、大人と同じように歩かされた。子供心にも察したのか、無理を言ってはいけない、泣いてはいけない、歩かなくてはいけない……という鉄則をわきまえていたようである。極限状態では幼い子供でもちゃんと空気が読めるようになり、適応せざるを得なかったのだろう。

その逃亡生活の後遺症なのか、平和になってからも、私は「えーん、えーん」と声を出して泣くことができない子供になっていた。せいぜいしゃくり上げて泣くか、忍び泣く程度である。

父は私たちの面倒を見ながら、ここぞという時にはみんなをまとめ、決断を下していたようである。その証拠に私には父に手を引かれたり、抱っこされた記憶がない。

宮崎の叔母によると、その頃父は身体が弱かったらしい。それにもかかわらず唯一頼りになる男性として、皆を守る使命感に燃えていたのだろう。

稲城の近藤さんのおばさんにお会いして話を伺ったとき、

「あの頃、あなたのお父さんやお母さんにはずいぶんお世話になったのよ」

と感謝の言葉を頂くことができた。

それもそうだろう。前々からの知り合いではなく、逃亡を共にして初めて仲間になったのだから。

妹の死の真実

　私たち一行は家を焼かれ、トラックもなくなり、行くあてもなく途方にくれていたのは言うまでもない。かろうじてモンゴル人部落に行き、ロバを調達してきたそうである。ソ連軍の目を逃れるため、昼間は砂漠や山の方へ行き、夜になると街に帰って来るという行動をとっていた。

　宮崎の叔母の表現を借りると、夜になると街の灯がちらちらして、それがあたかも私たちを追いかけ、近づいて来るように見えたという。

　母は妹をおぶっていた。四歳の私もおんぶされておかしくない年齢だから、羨望《せんぼう》の眼差しを注いだことだろう。いや、もしかしたら泣きべそをかいて必死について行ったのかもしれない。

妹・貞子（1歳）

食料は途絶えた。水も無かった。母親たちはお乳が出なくなり、乳飲み子はお腹が空《す》いて泣き出す。その泣き声に向かって銃弾が飛んでくることもあったらしい。

　子供が泣いてみんなに迷惑をかけてはいけない……、と幼い子を持つ母親たちは、みな同じくそう思った。誰から言い出すともなく、それぞれが見えない所に行き、お乳をのませる時オッパイに子供の顔を押し付け、窒息死させたらしい。

　親として果たすべき「最後の情け」だろうか……。結局子供十三人のうち、比較的大きかった私と、もう一人だけが生かされたのである。

　当時まだ独身だった叔母も知らされておらず、一人ひとり赤ちゃんが死んでいったと聞かされただけだったという。

　私が大人になってからも、母に当時のことを聞くのは〝タブー〟と決め込んでいた。

聞くのが怖かったのかもしれない。私の中ではずっと、妹は餓死したものと思い込んでいた。それ以上に酷なことは考えたこともなかった。いや、あって欲しくないと願っていたのかもしれない。

しかし、私が結婚して五年目ぐらいだろうか。宮崎から叔母が突然我が家に尋ねて来た。私が母と日本に引揚げてから、事情があって鹿児島の父方とは一切付き合いがなくなっていた。私から言えば引き離されていた。当然父の妹である宮崎の叔母も例外ではなかった。

その叔母が突然訪ねてきてくれたのだから……嬉しかった。叔母は五歳の頃の私しか知らず、私もソ連兵に追いかけられていた三つ編みの叔母さんの記憶しかなかった。最初はぎこちなかったが、私もすこしずつ記憶が甦り、「こういうことがあったね、あれは何だったの?」と聞いて、一つ一つが解き明かされていった。

しかし妹の死の真実を聞かされた時は、言いようのない強い衝撃に見舞われた。

当時まだ幼かった我が子の姿に、乳飲み子だった妹の姿を重ね合わせて涙がとめどなく流れた。

なぜ母は語ってくれなかったのだろう。もしかして母はずっと罪悪感に苛《さいな》まれていたのだろうか？　常に忘れようと思い、ただ風化する年月を待ち続けたのだろう……。

叔母が言うには、ある母親は年子で生まれた三人の子供全員を亡くしたという――。

いや、自らの手で命の芽を摘んでしまったのである。悲しみを通り越して発狂してもおかしくない。

叔母は「本当に気が狂うかと思ったとよ…」と深いため息をついた。

遺髪を残したりすることはなかったのかと聞くと、「そんな余裕ないわよ。今日殺されるか、明日殺されるかと思って過ごす毎日だったからねえ…」と話してくれた。

誰もが子供に先に逝ってもらった方が潔《いさぎよ》く死ねると思っていたそうである。

母の背中に張り付いていた幼い妹。あれが私が目にした妹の最後の姿だった。

小さな通訳

最初は三十人ほどいた私たち一行も、わずか三日間のうちに一気にに十一人も乳児がいなくなった。乳飲み子を失った母親たちも、おそらく悲しむ余裕すらない日々だったのだろう。ただ、その場その場をしのぐため必死に逃げたに違いない。

私がふと叔母に「馬に乗って来る人がいたね」と聞くと、「ああ、それはモンゴル人なのよ」と教えてくれた。

馬に乗って来ては、大人たちと何か話していた光景を憶えている。子供心にもそれは害を与えないおじさんたちと理解していた。

モンゴル人のおじさんたちは、

「そんな服ではすぐ日本人と分かるから、これと替えたほうがいいよ」

と言っては、自分たちが持ってきた服と交換させたという。

また「髪をそんな長くしていたら、娘さんだとすぐばれるよ」と、独身だった叔母の三つ編みを包丁でバッサリ切ってしまったこともあったそうだ。

好意のもとで行われた取引きであったかもしれないが、なかなか巧妙な追い剥ぎだ。半分誠意半分はビジネス。でも、そのおかげで誰一人傷つけられることなく生きのびることができた。

食べ物はというと、農家を見つけるたびに「今日は私の番ね！」と、替わりばんこに誰かが着ている服を脱いで食料と交換してもらっていたそうだ。

母は最悪の状況を見越していたと見え、追いはぎが来ても絶対に服を脱がなかったという。例えばズボンの下にモモヒキを重ねて穿《は》いたり、上着もそうだったに違いない。

喉が渇いたときは水溜りの水をすすったことも度々あった——と叔母は言う。そういう緊迫した空気の中でも、大人が休憩しているときには無邪気に遊ぶこともあったらしい。

あるとき、私が地面に何か落書きをして遊んでいると、そこに何人かの人が来て、大声で何かを話して立ち去った。そのあと私が「あの人たち、今夜誰かを連れて殺しに来ると言っていたよ」と通訳したそうである。父を隊長とする私たち一行は、これは大変とばかり、その場から逃げ去り、助かったらしい。

これは、いま稲城に住む近藤さんから聞いた話である。八十七歳になる近藤さんが「憲子ちゃん覚えてる？　あなたが教えてくれたから、すぐ逃げて助かったのよ」と話してくれた。

3歳のお祝いのとき

まったく記憶にないことだが、四歳だった私が、足手まといになるだけでなく、人助けもしたというのだ。果たして通訳が正しかったか否か自信がないが、ちょっと自慢できる話である。

鉄砲の玉が飛び交う場所だけが戦場ではなく、女や子供も、もうひとつの戦場で生きるため必死に戦っていた。

逃亡中、たまたま雨が降ったり、川を通りかかった時には体を拭き、ゆっくりできる時には何人かで周りを囲ってあげ、水浴びをしたそうである。

移動にはモンゴル人からロバを借りていたそうだが、不思議と覚えていない。ロバはみんなの荷物を載せるだけで、幼い私といえども乗ることは許されなかったのである。身体の弱かった父ですら乗らなかったのだそうだ。

重湯がくれた元気

逃亡の道のりは、ほとんどが砂漠や草原だったようである。その間、父の知り合いの中国人やモンゴル人がロバを貸してくれたり、馬車を貸してくれたり、いろいろと助けてくれたようだ。だが、世が世だから日本人の手助けをしたことを咎《とが》められるという大きなツケを恐れ、徐々に手を引いていったのだそうだ。

或る日モンゴル人がロバを返して欲しいと言ってきた。ロバがいなくなるのは、憔悴しきった女子供にとって死活問題である。父は決意したように、自分の妹（宮崎の叔母）に持たせてあったあり金全部をモンゴル人に渡すように言った。モンゴル人は金を受け取ると何も言わずに帰って行ったそうだ。

さすがに女と子供がほとんどの我々の一行に同情心が働いたのだろう。その後、ロ

バを取り返しに来ることは二度となかったようである。

女や子供ばかりとはいえ、食料は確実に減り、お互い遠慮しながら食べてはいても、一人や二人ではないので、みるみる食料が底をついたそうだ。

お腹が空いてほとんど歩けなくなったとき、比較的中国語ができる母が、通りがかりのお百姓さんの家に飛び込み、「水を飲ませてほしい」と頼んだそうである。

農家のお婆ちゃんは水を飲ませてくれたうえ、「何か欲しい物はないか？　卵をあげよう。お金はいらないから」と言ってくれたらしい。

７歳のころ。母（左）とその友人と

母は二枚重ねて履いていたズボンを、一枚脱いで渡した。するとお婆ちゃんは奥からあるだけの卵を茹でて持って来てくれたという。

ところが卵の数は全員に行き渡るには一つ足りなかった。そこで近藤さんのおばさんが、自分は一番最後に参加しているし置いて行かれたら困るからと、「私はいいから皆さんで食べてください」と手を挙げて辞退されたそうである。

それを見かねた農家のお婆ちゃんは、湯気の立った粟の重湯を近藤さんのおばさんに持って来てくれたそうである。

「あの重湯を頂いたあと、私は誰よりも元気になりましてね。おまけに止まっていた乳腺が張ってきて、仲間の子供さんに飲ませてみたら、ちゃんと出たんですよ。そうしたら、歩けなかったその子が私のお尻を押して歩けるようになったんですよ」

近藤さんは、満面に笑みを浮かべ、その時のことを嬉しそうに話してくれた。

きっと十一人の子供が死んでまだ何日も経っていない頃のエピソードだろう。今だからこそ笑えるのだろう。……なんとも切なくなる話である。

私も最近やっと死んだ妹のことを涙なしで話せるよ

7歳のころ。母（左）と日本人の叔母さんたちと

うになった。もうそろそろ時効になっても良い頃だろう。

近藤さんもまた、五十三歳になる娘さんを前にして、「娘の前で話したのは今日が初めてなんですよ。ようやく平気で話せるようになりました」と言葉を結んだ。

六十余年の歳月は確かに永い。普通であればとっくに忘れていることも、特殊な状況下の強烈な場面は鮮明に憶えているものである。

死の覚悟

砂漠で寝ていたある朝、中国人らしい人が丘の上から、人に当たらない程度に石を投げてきたそうである。突然のことにみんなびっくりして逃げようとした。ちょうどそのとき、私が「お腹が痛いからお薬ちょうだい」と駄々をこねだし、泣きやまなかったそうだ。怒った父は私を砂漠のくぼ地に連れて行き、「わがままを言ったらここに埋めちゃうぞ！」と本気とも、脅しともとれるような怒り方をしたらしい。

父はそのとき腹をくくっていたのかも知れない。宮崎の叔母（父の妹）に向かって、「憲子が腹が痛いと言うし、もう俺たちはここで死のう」と言い、近くにいた人たちにも「私たちはここでお別れしますので、皆さん先に行ってくださいと言ったそう

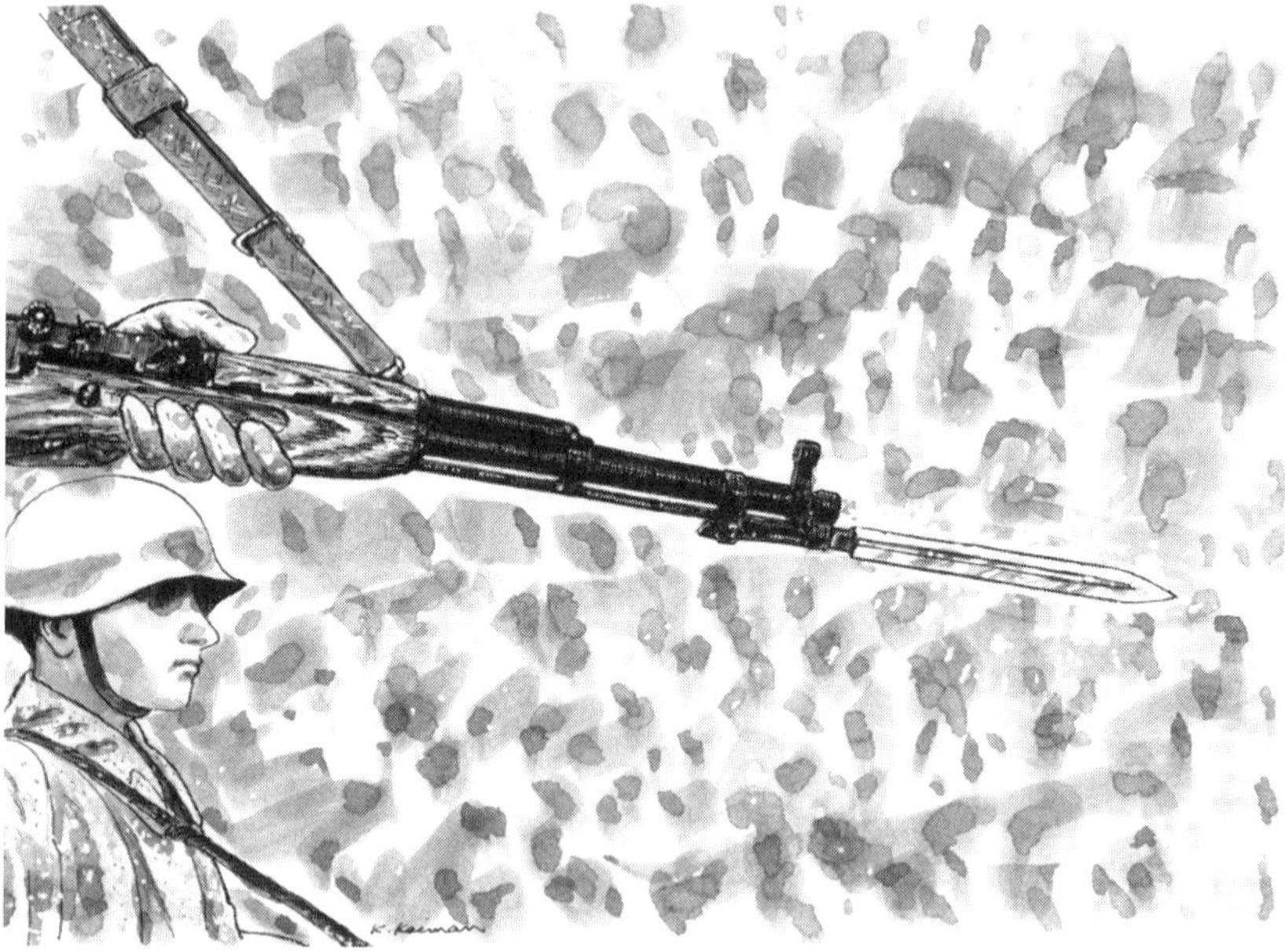

である。

本気ともとれる父の言動に、「新福《しんぷく》さん、そんなことを言わないでください。私たちも一緒に死にます」と皆で父に抗議したらしい。

ちょうどそのとき、今度は石ではなく銃弾が飛んで来たそうである。さすがに皆も今度こそは殺されると思い、どうせ死ぬなら一緒に死のうと、一列に並び始めたらしい。

誰からともなしに「東に向かって座ろう」と言ったものの、砂漠のど真ん中ではどっちが東でどっちが西なのか分からず、とにかく一列に並んで正座したそうだ。

死の覚悟の中での「東はこっちだ、いやあっちだ」というドタバタ劇に、宮崎の叔母は、緊迫感と滑稽が織りなすちぐはぐした様子がよほど可笑《おか》しかったのか、笑いながらそのときのことを話してくれた。「東に向かって座るというのは、祖国日本に対する忠誠心だろうね」と……。みんな、死ぬ直前まで日本への望郷の念を忘れなかったのだ。

そんな大騒動しているところへ、発砲したグループが丘から馬に乗って下りて来た。

見ると、ソ連兵一人と数人の中国人らしき人たち。中には父の知っているモンゴル人もいた。

父はわずかな望みに期待したのだろう、モンゴル人に声を掛けながら近寄ったそうだ。すると銃剣を持っている兵士が、父を突き刺そうとした。さすがの父も殺気を感じて身を引いた。どうやら本気のようだった。相手も父が抵抗したと思ったらしい。その時のことを話してくれる叔母の表情は真剣そのものだった。

兵士はさらに、「この中に特務のご主人や軍隊の人間はいないか？」と聞いたそうである。幸い私たち一行はみな民間人だった。軍人の家族や役所であれば、逃げるのにこんな苦労をしていなかったであろう。

そんなわけで私たちは、日本への道は閉ざされたけれど、一応無血で保護され、あらかじめ準備されていた荷馬車に載せられ、大板山に向かったのであった。

近藤さんがおっしゃるには、どうやらモンゴルの国境警備隊がソ連兵を案内して来たそうである。

保護される前の私の「腹痛事件」がどのように解決したのか憶えていないが、さすがに銃を持った人たちに囲まれたら、腹の虫も恐怖で頭を引っ込めたのであろう。

こうして私は父に生き埋めにされることを免れ、一行も無事に保護されたわけであった。

収容所での生活

捕虜として保護された私たちは、モンゴル国境警備隊の騎馬隊に先導され、馬車で公民館らしき所に連れて行かれたらしい。

女性や子供は三日間ほど取り調べを受けたらしいが、日本人だからといって責められるようなこともなく、また久しぶり口にする普通の食事にホッとしたのか、みんな一様に安堵の色を示したそうである。

それでも「こんなに良くしてくれても、いつかは殺されるのよね」と諦めのムードも漂っていたらしい。

幼い私にはそんな悲壮感はあるわけはない。ただ、お豆の入ったご飯を食べたことと、今まで目にしたことのない「大柄で見慣れない兵隊さん」を記憶しているだけで

ある。

間違いなくそれはソ連兵であり、中共軍もいたはずだ。

わずかにではあるが、兵隊さんに声をかけられたり可愛がられたのも憶えており、子供心にも収容所での生活には自由があった……、否、普通に戻ったと表現すべきだろう。

宮崎の叔母によると、父は病気だったにもかかわらず収容された翌日にはシベリアに連行されたそうだ。

私には父と別れる時の状況や、母が父と惜別したという記憶は全くない。そんな時間をくれる温情など、戦争には存在しないであろう……。

収容所生活が終了して、やっと自由になれるという時、身元引き受け人として中国人の斉雲山という人が、私たち親子と叔母を指名して身請けに来てくれたそうである。あんなご時世になんと恵まれたことだろう。私たちは斉家に身を寄せることになり、他の人はそのまま街に残ったり、モンゴルの部落の役所に引き取られて行ったそうである。

斉さんは父が営んでいた建築会社「福栄組」で働いていた職人で、父が頼りにし、可愛がっていた方のようだ。斉さんは自宅の離れを空けて私たちを住まわせてくれた。叔母が言うには、斉家は農業を営んでおり、母も叔母も少しでも手伝おうと、ラクダの毛を紡いだり、毛糸でセーターを編んだりしていたらしい。

また、昔の中国ではほとんどの人が布の靴を家庭で作っていた。母と叔母はその靴作りも斉家で習得したようだ。

それにしても、いくら父が可愛がっていた知り合いとはいえ、敵国の国民を匿《かくま》うなんて、すごいとしか表現のしようがない。

逆の立場だったら？　果たして日本人にできるだろうか。

叔母と母(91歳・中央)を厚生病院に見舞う（2007年）

斉雲山のような人は、後の文化大革命の時に、間違いなく「四悪批闘」の対象として迫害されたに違いない。

できることなら、会ってお礼とお詫びをしたい――。

だがその母も九十三歳という高齢。加えて入院生活の身でもあり、今となっては実現不可能となった。

ソ連兵の夜襲

斉家ではお婆ちゃんをはじめ、みんなが親切にしてくれて、安心感があったと言う。近所の人も私たちに好意的で、私たち日本人一家を密告してつき出そうという者はいなかったそうだ。

生活が安定し、穏やかな日々だったのだろう。日中の生活のことはあまり記憶がない。しかし夜になると、ソ連兵が何度か私たちが隠れ住んでいる離れに来たことを憶えている。

母がまだ若い頃、他の人に話していたのを聞いた記憶だが、ソ連兵が来ると母屋から男の子が走ってきて教えてくれたそうである。すると私たちは電気を消し、すぐ外に出て川の方に逃げ、夜が明ける頃に帰って来たそうである。

幼い私には何事なのか分からなかったが、とにかく裸足《はだし》で飛び出したり、塀を乗り越えたりしたことははっきり覚えている。また、向かった場所が豚小屋を通り、川の方に下りていったことも記憶している。

ある夜、私は突然母に起こされ、正座した母の膝にしっかり抱きしめられていた。私は何が何だか分からず、顔を母の胸にうずめていた。寝ぼけ眼《まなこ》に飛び込んで来たのは、銃を逆手に私たちに向けている大きな兵隊さんの姿であった。

7歳のころ。錦州にて（母・右と叔母）

泣いてもぐずってもいけないのは逃亡生活が始まって以来の掟。私はただただ怯えていた記憶がある。

その後どうなったのかまったく憶えていない。

それから一週間という日々は、夜になると川の方に行って身を隠し、朝になって家に帰るという生活がつづいたようだ。

また、昼間に単独でやって来るソ連兵もよく見かけた

取材のため宮崎の叔母夫婦を訪ねて（2010年）

ような気がする。そんな頼りない記憶をひっぱり出して宮崎の叔母に話すと、「ああ、それは多分…」と記憶の引き出しから想い出を引っ張り出してくれた。

どうやらソ連兵の中に、独身だった叔母に気のある兵士がいたらしい。

ある日ソ連兵が私たちのところに来て、「あなたの妹はどこか」と母に訊《き》いたそうだ。母は「妹は、今田舎に行っている」と答えた。そしてすかさず、「この子がおしっこをしたいと言っているから」と外に出て行ったそうである。

隙を見て隠れていた叔母と合流し、裏の豚小屋づたいに川の方に逃げた。明け方になり、やっと部屋に帰ったとのことだ。子供だった私は、そんな目的だったとは知る由はなかった。

もし私の記憶が叔母の説明と合致するとしたら、大いに納得できる話ではあるが、私はその光景が異様に恐ろしく、今まで引きずって来たのだ。叔母目的もあったかもしれないが、最初はやはり誰かの密告があって、日本人を捕まえに来たのではないかと思わざるを得ない。

おもしろいことに、その追っかけソ連兵は、一年ぐらい経ったころ「ぼく結婚しました」と叔母を訪ねて来たそうである。

叔母は大笑いして「あのとき怖くてねぇ」と話してくれた。

追っかけソ連兵と叔母と母。いったい何語で会話していたのだろう?

私が記憶していたあの恐ろしい夜は何だったのだろう——。

斉雲山さんに別れを告げ

斉家にお世話になってどのくらい経った頃だろうか。日本に送り帰してくれるという情報が入ってきたらしい。

もちろんみんな帰りたい一心だから、即座にその話に乗ろうとした。

しかし斉さんから「まだ情勢が分からないから、もう少し様子を見たほうがいい」と言われ、母の判断で私たち一家は引き続き斉家にお世話になることにしたのだ。一部の日本人は帰って行ったそうである。

その頃、いま稲城に住む近藤さんのおばさんたち三人も私たちの隣に引っ越してきた。別の場所で生活していた近藤さんたちは、明日食べる物にも困るような暮らしぶりだったらしい。

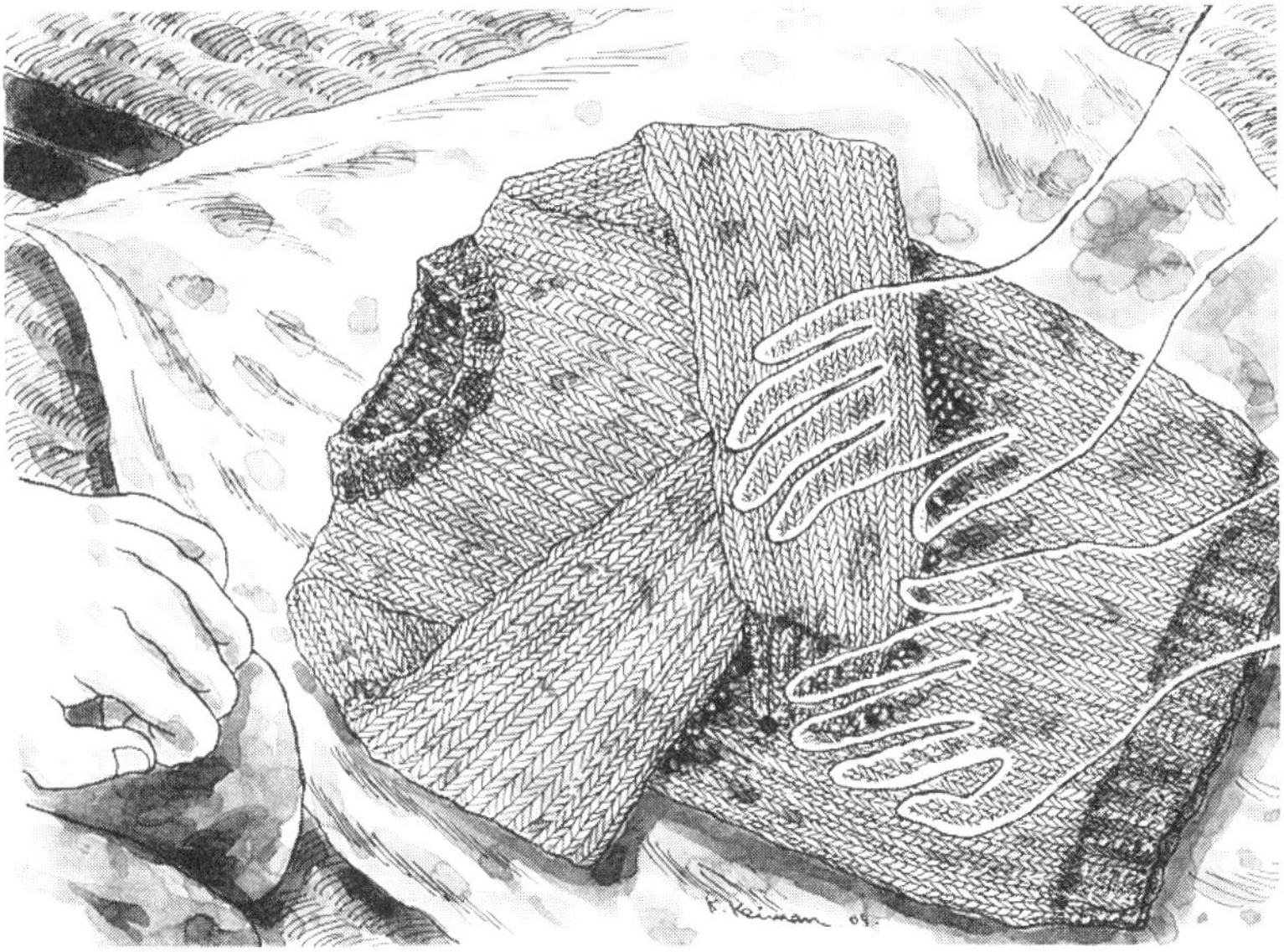

それを見かねた斉さんが私たちの隣りに連れてきて、お隣同士の生活が始まったのである。

しかしその後、どういうわけか私たちにスパイの疑いがかかり、地域から立ち退きを強いられたそうだ。

斉さんとしても、それに反して私たちをかくまうことはできなかったようだ。

次にお世話になったのは、モンゴル人のダーリジャップさんという人の家だった。この人は私たちが斉家にお世話になっていたとき、たびたび馬に乗って颯爽《さっそう》とやって来て、私たちを、いや母や叔母たちを慰めに来たそうだ。

宮崎の叔母が言うには〝ダーリジャップ語録〟があるという。

「人間は草木ではありません……」「花壇に咲く花より野に咲く花が美しい」

そんな類の言葉を投げかけていったそうだ。血気盛んなモンゴル青年は、異国の二人の大和なでしこを野に咲く花に見立てたのだろうか?

叔母の解釈は、「自分にも感情があると言いたかったごたるよ」。

しかし果たしてどこまで言葉が通じ、意志が通じていたのかは疑問だ。いずれにしても、勤勉な大和なでしこに好意を持っていたのは間違いのないところである。

詳しい経緯は分からないが、それからしばらくして、私たち一家と近藤さんほか何人かが、ダーリジャップ家に居候することになった。

そこで何をして生計を立て、どんな暮らしをしていたか分からないが、きっと家族の一員として温かく受け入れてくれたのではないかと思う。

そのころ一緒に暮らしていた誰かが病気になって、横たわっているその人をみんなで囲んでいた。そのことを宮崎の叔母に聞いてみた。

「ああ福島さんが狂犬病になってねえ」。どうして狂犬病になったのか分からないが、徐々に病状が悪化し、自分の髪の毛をかきむしったり、暴れるようになったそうである。

みんなで押さえたり、口にスプーンを噛ませたりしたそうだ。症状が出ていない時は普通で、意識もはっきりしていたらしい。

あるとき紙と鉛筆を持ってこさせ、「今度私が暴れても、ほっといてね」と書いたそうである。

近藤さん宅を訪ねて（2006年）

また「これは日本の私の家に届けてね」と自分のセーターを稲城の近藤さんに託し、まもなくして、亡くなられたのである。

砂漠の窪地で皆に囲まれ、叔母さんたちがいつまでもいつまでも泣き崩れていた。そばにいた私は、叔母さんたちの悲しい後ろ姿を、ずっと忘れられなかった。

祈り

この手記を書くにあたって、東京都稲城市に住む近藤さん夫妻や、宮崎の叔母夫婦を数回にわたって訪ね、母の口から聞けなかった妹のことや、父のことをあらためて知ることができた。

最初に訪ねたときはとても元気だった近藤さんも、二度目のときは言語障害におかされ、三度目のときはさらに症状が進んでおられた。もっと早く行動を起こすべきだったと悔やまれた。

不自由な言葉で一生懸命話される姿が痛々しかったが、一人でも多くの人に戦争の悲惨さを伝えたいという想いが、私を逸《はや》らせた。

三度目に訪ねたとき、近藤さんは話しながら当時の情景が脳裏によみがえったのだろう……嗚咽で声にならないこともしばしばあった。

私も「おばちゃん、ごめんね。嫌なことを思い出させてごめんね…」と手をとって泣いた。二人で泣いた。

近藤さんは「十一人の子どもたちの亡骸《なきがら》を砂漠に埋葬するとき、顔にかぶせるものが何にもないでしょう、だからみんな顔を横に向けさせて埋めましたよ…」と微笑んだ。

「筆舌に尽くし難い」とはこのことである。

今年九十歳になられる近藤さんのご主人は、終戦の混乱が治まった頃に私たちと出会った方。

終戦のとき、中国東北地方で八路軍の囚われの身になった。さいわい技術者であったので、八路軍の自動車部隊に迎え入れられ、たいそう重宝がられたそうである。

本人曰く、「そりゃあ葛藤がありましたよ。生きるために必死でしたよ」と。

同行の取材者S氏が「よく細かく覚えていらっしゃいますね！」と言うと、そばにいらっしゃる娘さんがすかさず「父は当時の話をする時だけ生き生きするんですよ」

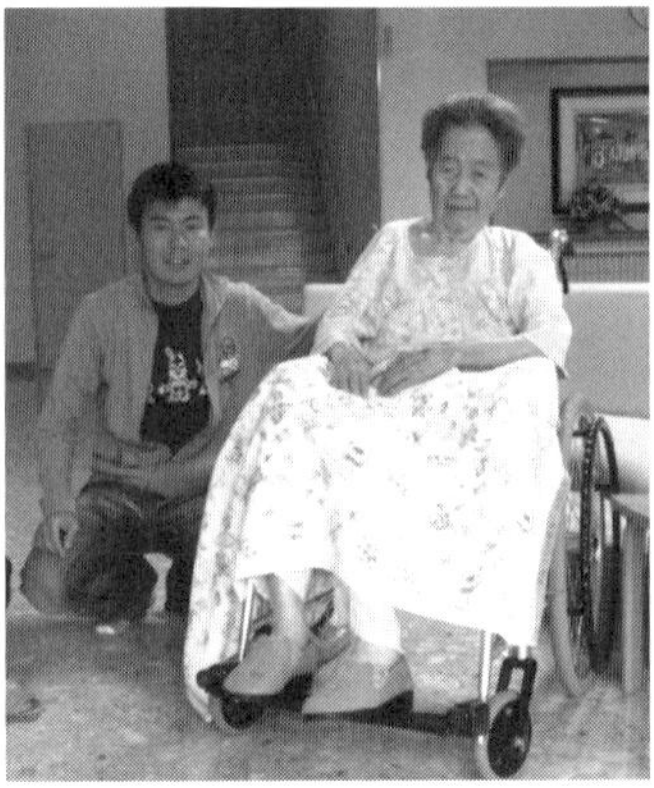

息子と二人で母を見舞う（2010 年）

と茶々を入れる。

でも近藤さんは細めた目を遠くにやるように、六十年前を彷彿とするような穏やかな面持ちになり、昔を懐かしんでいらっしゃるように見えた。

それもそのはず、昭和二八年、日本に引揚げて来られた近藤夫妻は、まるで浦島太郎状態だったそうだ。かたや我が父はシベリアでの過酷な抑留の末、病に倒れ、日本へ強制送還され幸運にも一命を取り留めた。

私が妹の死の真実を知った何年か後、日本に引揚げて来て一度も一緒に住むことのなかった父に電話を掛けた。妹の命日を聞いたのである。

父は「八月十五日だよ」と答えた。どうせいい加減に決めたのだろうと思っていたが、今回の取材で終戦の日が命日という裏付けが取れた。

あのとき、私の問いかけに父が「どうしてだ？」と理由を聞いた。

私が、なんとか供養してあげたいと答えると、「そがなことお前が心配せんでよか。遺骨は無かが、お父さんがちゃんと墓を立てちょるけん！」と、一喝された。

私たちは戦争がもたらした離散家族であり、長年父との付き合いを拒んできたが、そのときだけは改めて父を見直した。

そして今回の取材を通して、父の勇気や、鹿児島男児の気骨、また多くの中国人に慕われたやさしい父を垣間見ることができた。他界してすでに十五年になる。もっと優しい言葉をかけてあげるべきであった。

26歳の頃の母・静代

貝の如く終戦の頃の話を一切口にしない母は、一体どんな思いだったのだろう。話せば気持ちがもっと楽になっていただろうに…。

今年九四歳になる母は「老人性うつ病」で天草《あまくさ》の病院に入院して早五年になるが、周りの看護師さんに「浜崎さん、お子さんは何人おらすと？」と聞かれると「……何人かおったばってん、忘れた！
今は憲子一人……」と答えているらしい。本当に忘れているのか、はたまたとぼけて
いるのか、「それもまた良し」とほめてあげたい。
我が妹敏子よ！　もし戦争がなかったら、もう六三歳になっているね。
今頃いい話し相手になっていただろうね。
遺骨も遺品も何も無いけれど、ただただ終戦記念日に祈りを奉げよう。
肩を並べて共に大人になれなかった十一人のけがれなき幼子、異国に散った罪の無
い御霊よ……。
私はずっとずっと祈りを捧げていこう。

第二部

日本人仲間で食堂経営　１９４６―１９４７

私たちは、いつしかモンゴル政府の保護の下に置かれ、母たちは五、六人ほどで共同生活を始めたらしい。提供してくれた場所は、役所、つまりモンゴル政府のすぐ隣りだった。

初めから牛を十頭ほど提供してくれ、現地の少年を二人放牧人としてつけてくれたそうだ。牛の放牧をしたり、夕方には乳搾《しぼ》りをして生計を立てたそうである。

当初、役所の人にお茶出しをするという約束があったそうだ。私たちがモンゴル政府から住まいとして提供された建屋は役所とつながっていたらしい。役人が休憩に来たとき奶茶（ミルクティー）などを出したり、中国式の軽食を作っていたそうだ。

母たちも知恵を出し合って、それなりにいろいろ工夫して提供していたから喜ばれたそうだ。

それからまもなく、どこから聞きつけたのか、日本人が訪ねて来るようになった。

日本人とは八路軍（人民解放軍の前身）の自動車部隊の近藤さん（稲城の近藤さんの夫）や熊谷さん（宮崎の叔母の夫）であり、みんな独身だったそうだ。

そこで日本食、特にお袋の味も食べたいだろうと日本人向けのメニューも取り入れ、中国人向けの惣菜もいろいろ考えて作っていたようだ。

後に、権藤さんという若い朝鮮人女性も母たちのところにころがり込んで来て手伝っていたそうだが、詳しい経緯は不明である。

その権藤さんがある日スープを作っていて、出来上がったとき鍋を持ったまま身を翻したとたん、そばで遊んでいた私にぶつかり、熱いスープが私の肩越しにかかった。母は泣き叫ぶ私が着ていたセーターを、いらつきながら素早く脱がせた記憶がある。しかしその後の記憶はない。

気がついたら、火傷で顔が腫《は》れ上がり目が開かなかった。母が横で寝てる気配だけを感じた。さぞかし悔やみ、わが子に火傷させた権藤さんを恨んだことだろう。

後で聞いた話だが、権藤さんは夕方になっても門の所に隠れ、部屋に入ってこなかったそうだ。迷っていたのだろう、それっきり帰って来なかったそうである。

故意ではないにせよ、事の重大さにどうすれば良いのかわからず、謝る言葉も見つからなかったのだろう……。今となっては名前だけが語り継がれ、逆に気の毒に思える。

食堂はその後も続けられ、とりわけ八路軍の近藤さんたちはよく立ち寄って日本食を食べに来てくれたらしい。きっと情報交換の場としても貴重な存在だったのだろう。

ずっと後になって、近藤さんは共同経営していた坪井の叔母さん、つまり稲城のおばさんと結婚し、私の叔母（宮崎）は技術者一行の熊谷さんを紹介され結婚することになる。波乱万丈の逃亡中に中国大陸でめでたく、二つのカップルが誕生したのである。

林東から赤峰へ　1947—1949

終戦後の大陸では内戦が始まり、食堂経営をしていた私たちのところにも解放軍が入って来た。共産党と国民党の内戦状態であったが、私たちのいた東北地方は全面解

7歳の頃。母の勤める銀行のお兄さんと

放されたのであった。

母たちが経営していた食堂も終わりの時を迎えることとなった。元薬局だった私たちの家に解放軍がやって来て、銀行を作るから没収すると言うのである。母や叔母も事務ができるのなら、そこで雇うという条件だったそうだ。

母は事務ができたので、会計の仕事をやらされ、叔母はできないと言ったら窓口で旧札と新札を交換する仕事をまかされたそうだ。ろくに中国語もできない二人の日本人を雇うとは、よほど人材不足だったのだろう。思わず首を傾げたくなる。

叔母が言うには、その当時上司に肖主任という男性がいて、とても面倒見がよく、仕事が慣れた頃、主任自らおやつを作ってくれたり、マージャンも教えてくれたそうである。

叔母は「面白かったとよ」といかにも懐かしそうに、楽しい思い出の数々を述懐する。そういえば、銀行に若い人（青年行員）がいて、いつも私と遊んでくれ、可愛がってくれた。時にはマージャン組のため、一緒に街に落花生やおやつを買いに行った記憶がある。一緒に写っている写真を見ると、長身で面長のさわやかな好青年である。七、八歳だったが、もしかして初めて異性として意識した人かも……。

叔母にも仲の良い同僚がいた。親元を離れて来ている若いモンゴルの巴英《バイン》と、瑞連《ズイレン》という二人の娘さんだ。叔母は、言葉は通じないがすぐ仲良くなり、三人で馬に乗って野山に行ったりしたそうだ。

ある時、谷間を見下ろす山間《やまあい》にさしかかったとき、「ここで一緒に死のうか……」と谷間を見つめながら三人で泣いたこともあったそうだ。

当時、私は現地の幼稚園に行っていたらしいが、残念ながらそのほとんどを覚えていないのである。六歳の頃のことを覚えていないのに、四歳の頃のことを覚えているのもおかしな話だが、終戦時の状況がいかに生々しく激しかったかを物語っているのだろう。

やがて中国の小学校に上がり、私は平凡な学校生活を送っていた。低学年とはいえ、記憶があまりにも薄いのは、平和な環境の中でのほほんと学校に溶け込んでいたのだろう。そのためか、私は異国人であることをほとんど意識したことがなかった。だが、強烈な印象がひとつある。まだ学校にいたある昼下がりのことだった。突如、飛行機が飛来し、うなり声を伴い爆弾を連続投下すると、空の色があっという間に変わった。戦争映画さながらである。

わけも分からずみんなについて逃げた。走り着いた場所はトイレだった（トイレは単独の別棟になっていた）。上級生のお兄さんたちが、誘導したり、面倒をみてくれ、爆音が聞こえなくなるまでトイレに避難したのである。

飛び交う飛行機、爆弾投下のうなる音、緊張の連続……。強烈ではあるが、不思議と恐怖に慄《おのの》いた記憶ではない。身近に被害が出なかったからだろうか。

度重なる空襲は、後に国民党の空爆と分かった。連日のように戦闘機が爆弾を落として行くので、結局銀行の職員も避難することになり、夕方トラックか何かで一緒に田舎に疎開した。その記憶も決して怖いものではなく、むしろ生活に変化がもたらされてうきうきし、新しい環境を楽しんでいたように思う。実際は、この歴史的な内戦

（国共内戦）は多くの犠牲者を出したのである。

その頃、近藤さんと結婚した坪井さんは東北部のある街に行かれたそうである。宮崎の叔母は私たち親子と何カ月か一緒に暮らしていたとき、八路軍技術者の熊谷さんが訪ねて来て、「良子さん（叔母）と結婚したい」と母に正式に申し出たそうである。

同じ頃、銀行も内モンゴルの赤峰に移転することになり、叔母の婚約者熊谷さんも林東を訪れ、叔母を迎えに来たのであった。

銀行の引越しのとき、叔母も熊谷さんも、私たちと一緒に札束をいっぱい積みこんだトラックに乗り込み、赤峰に向かったそうだ。

その日の夕食の時、銀行の上司である肖主任に熊谷さんを紹介し、途中にあった料理屋で「定婚式」と称して、皆で二人の成婚を祝い、簡単な宴席を設けたそうである。

叔母はしばらく私たちと赤峰で暮らしていたが、熊谷さんの所属する「開源公司」も赤峰に移転して来たため、晴れて夫婦水入らずの新居を持った。その後、叔母は開源公司の事務を手伝いながら、赤峰で新婚生活を過したとのことである。

今年八九歳になる宮崎の叔母は、引揚げ後も親中国を貫いている。日中友好協会に入り、中国人の研修生の面倒をみたり、中国旅行をして昔住んでいた所を訪ねたり、幾度となく中国に行っていたようだ。

すごいのは八二歳の今でも自転車に乗り、友好交流事業に積極的に参加していることだ。

叔母との別れ　１９４８

国民党の空爆が激しさを増し、叔母たちは赤峰を離れることになった。叔母は「錦州を通るとき、道路に痛みのひどい死体がごろごろ横たわっていて、しばらくはご飯もノドを通らんじゃったよ」……と言う。六十五年過ぎた今でもその光景が一枚の地獄絵のごとく、頭をよぎるそうだ。

叔母は石家荘、張家口や北京など、比較的大きい街を回り、最終的に天津に落ち着いたようである。

当時は空爆がどんなことか分からなかった私だが、この戦争は「国共内戦」と言って、蒋介石率いる国民党と毛沢東率いる共産党の内戦であった。

国民党が東北地方に空爆を行ったのであった

8歳の頃。錦州にて

が、結局毛沢東率いる共産党がほぼ中国全土を制圧し、一九四九年十月一日全土を解放、新中国が成立した。

子供心にも大きな記念という認識があり、国を挙げての祝いに私も心から祝ったのである。

そのうち母も転勤で遼寧省錦州に移り、私もやむなく転校させられる。ただでさえ人見知りの性格なのに、転校はさらに私を小さくした。

新中国の成立　１９４９

一九四九年十月一日、新中国の成立。私にはよくわからなかったが、新しい国の始まりということは低学年の私にも理解できた。

街全体が活気づき、東北地方に伝わる「秧歌《ヤング》」という踊り——腰にひらひらの帯を結び、帯の端を手で持って踊りながら通りを練り歩いた。漢民族の古来伝統の踊りなのだ。同じ頃、叔母は天津で新中国の誕生「国慶節《こくけいせつ》」を祝ったそうだ。

職場も学校も休んで祝ったような気がする。（今でも国慶節は五日間ぐらい休むらしいが、もちろん当時もそうだったろう。）当時の教科書は「長征」や、毛沢東、周恩来、朱徳、郭沫若《かくまつじゃく》など、ほとんど革命の戦士の伝記ものばかりだった。

映画と言えばロシア（旧ソビエト連邦）と中国の友好をテーマにしたもの、レーニン、スターリンの革命の映画だった。

また、学校から映画によく連れて行かれたが、そのほとんどが日中戦争の生々しい戦場の光景、日本軍が中国人を迫害する場面、抗日戦争のものなどであった。

当時、私には〈日本人である〉という認識はあった。だが映画を見る時は、恐らく中国人の視点で見ていたと思われる。ソビエトに続き中国でも第一次五カ年計画が始まった頃である。他に娯楽がなかったから喜んで見ていたのだろう。教育は効果的な洗脳方法だ。

錦州の銀行（1991年頃）

一方、母は銀行の職場教育で朝の学習があったようだ。日本に帰って来たとき、母の荷物の中に毛沢東の分厚い本があったから、母もかなり洗脳されていたのであろうか。

叔母が天津に行った後、母と私だけが東北部で奮闘することになった。母は黒山の銀行に転勤になり、私もまた黒山の学校に転校した。

四年生ぐらいだと思うが、私は「少年先鋒隊」に入隊した。赤いネクタイがトレードマークの、中国共産党の青少年組織である。旧ソ連では〝ピオネール〟と呼ばれた。土曜、日曜はキャンプやいろいろな行事があり、土日もほとんど登校していた。すっかり学校に馴染んで、結構楽しかった記憶がある。

ある日の夕方近く、少年先鋒隊のイベントの帰り道、ひとりで歩いていたら国民党の残党らしき人が、電柱に何やらこそこそと貼り紙をして足早に消え去った。それも一度や二度ではなく、何度か見かけた。

その頃、街で「罪人の引き回し」をよく見かけた。トラックの荷台に処刑者を後ろ向きに何人か立たせ、後ろ手に縛り、罪名を書いた大きなタスキか帽子をかぶせられていた。白昼の街で大衆の目に曝《さら》すのである。〝解放〟直後のことだから、国民党の政治犯がほとんどである。荷台に乗せられた人も罪の意識などはさらさらなく、堂々としているのが印象的だった。悪人と言うより、イデオロギーの違いだけであった。

あの電柱に貼り紙をしていた人たちも、誰かに密告され、罪人にされたかもしれない。混乱した社会の鎮静をはかる「見せしめ」なのだろう……。今思うと恐ろしいことだ。

そんな中、職場では日本人の母が大事にされたが、中国人社会で女一人奮闘するのは、想像以上に大変だったようである。

銀行勤めの母は、よく残業をしていた。そんなとき、私は母の机の横で同じ夜食を食べ、仕事が終わるまで待っていた。周囲の人はみんな、異国人の私たちに親切で、私は母の同僚たちからも可愛がられていた。

帰国後、母がこんなことを言っているのを聞いた。ある時、社員食堂の食券について問題にされたことがあったという。どうも母には等級の良い食券が配給されていたらしく、そのことが問題になったそうだ。無理もない。やっと日本の支配から解放され主権を取り戻したのに、日本人が優遇されるのだから、終戦直後の中国人が不当に思うのは当然の感情である。結果どうなったのか、はっきり覚えていないが、上司の権限で食券の等級が下げられることはなかったそうだ。

中国ではほとんどの人は好意的だった。

銀行支店長婦人と母

私も学校でいじめられた記憶は全くない。

宮崎の叔母のこと

話は少し前後するが、叔母は十代の頃、満州国の政府があった奉天（現在の長春）の放送局に勤めていた。そこに今は亡き森繁久弥さんもアナウンサーとして勤めておられたという。満州国の国営放送局であり、森繁さんたちは日本人向けの放送を担当していたそうである。

叔母は、放送局の庶務課でタイプを打っていたらしい。やがて会社も人員が減り、仕事も減っていった。暇なとき森繁さんは叔母たちに、濁音を発音する時のコツなどをいろいろ教えてくれたそうだ。私たちの知る森繁さんと同じく、ユーモアのある楽しい人だったらしい。

叔母は森繁さんから〝プクちゃん〟（新福の福）と呼ばれ、かわいがってくれたそうである。運動会や冬季のレクリエーションのウサギ狩り等には森繁久弥さんも一緒に参加し、周りを楽しませてくれたという。

叔母はその放送局に四年ほど勤め、昭和二〇年に私の妹の面倒を見るよう父に言われるまま。私たちの住む赤峰に来たのであった。

ところが数カ月したところで運命の終戦、つまり逃亡生活を強いられたのであった。

叔母は帰国してからも、ずっと父にうらみ言を言っていたようだ。

父の呼びつけさえなければ、森繁さんたちと共に順調に引揚げていたことだろう。

叔母の引揚げは、私たちより半年早く、昭和二八年の春ごろだった。言うまでもなく、当時は相当苦労したそうだ。

叔母は十年前、最愛の娘・桂子さん（当時五十五歳）を難病で失った。その桂子さんにはひとり息子がいたのだが、桂子さんが四十五歳のときにオートバイ事故

宮崎の叔母一家（天津にて）

叔母の娘・桂子さん（4歳・1953年）

で亡くしていた。

引揚げ当時、父に関わる諸々の事情により、私たちと叔母とは長い間付き合いがなかったのだが、平成十八年ごろ、娘さんが亡くなった二年後に連絡が取れるようになったのである。

東京の都営住宅にひとり取り残された桂子さんのご主人宅を、叔母と共に訪れ、仏壇に手を合わせた。

桂子さんは「赤旗」に勤めていた。優秀な職員だったのだろう、社葬で送ってもらったという。頑張っていたんだ！

運動会

錦州市での小学校生活は、それほど楽しいと思った覚えはない。かと言って嫌な想い出もない。あの当時の中国の学校は、八歳で小学校に上がり、家庭の経済環境が悪ければ、家で子守とか農作業をやらされ、学校に行けないのが普通だった。

私は日本の学齢に従い、六歳で入学したらしい。他の子たちより二歳下だから、いろいろな面で同級生に劣るのが当然だろう。気後れするのも無理のない話である。

錦州駅（1991 年頃）

転勤で黒山に引越したのは三、四年生の頃だった。もともと人見知りする性分で依頼心が強い性格だから、度重なる転校は私の学校生活をさらに脅かし、気後れ、人見知り……とだんだん萎縮していったような気がする。しかし、最終的に落ち着いた黒山では、小学校の中・高学年を過したので、記憶を引き出すのも難しいことではない。

高学年になるに従い、人にも環境にもすっかり慣れ、結構学校生活を楽しむようになったのである。学校の勉強はテストばかりで、音楽の時間は革命の歌、図工の時間はあまりなく、体育は跳び箱やマット運動をよくやっていた。意外に思われるだろうが、書道はなかった。

運動会はなく、全市の「大運動会」に各学校の代表が参加する仕組みだった。

「大運動会」について紹介しよう。市民広場みたいなとてつもなく大きい場所まで、全校で行進するのだ。先頭は、ソ連や他の共産国、中国の革命家の顔が印刷された旗の隊列。竿の長い大旗だから高学年でなければ持てなかった。次に鼓笛隊、踊り連と腰太鼓、応援の生徒と長い行列。

競技は主に陸上競技と思われるが、何しろ興味がないうえ、人が多すぎて見えないので、後ろの方で砂遊びをしていた不届き者の生徒であった。

終わる頃にはまた隊列を作り、来た時と同じように並んで帰る。私も自分の腰太鼓の列に戻って学校まで行進する。そんな運動会だった。

私たちが日本に引揚げて来たのは九月、運動会の真っ只中だった。日本語がまだろくに分からないのに、まさか競技に出るとは思ってもいなかったから、トラックを走れることが新鮮で嬉しかった。

冬の野外活動

あの時代の大陸には読み書きのできない人が多く、十七歳で小学五年生という人もいた。そう言えば、仲良しだった賀玉潔さんとその兄嫁（十六歳）が同じクラスだった。取り立てて珍しいことでもなく、何人もそんな人はいたと思う。

賀さんのお兄さんはロシア語が話せて、医学生であった。でも、なぜか妹の賀さんは勉強があまり得意ではなく、私が遊びに行くと、賀さんの母親が「見てごらん、小鐘《シャオ・ツォン》（私のニックネーム）は外国人なのに、国語はあなたよりできるじゃない」と言われていた。ちなみに私には中国名があって、日本の姓〝新福〟の一文字を取って〝新暁鐘《シン・シャオ・ツォン》〟と名乗っていた。

みんなは〝小鐘〟と呼んでいた。家でも〝憲子〟と呼ばれたことはなかった。

中国東北地方の冬はかなり厳しい。零下三〇度に達するのはざらである。例えば、お湯で顔を洗った後、その洗面器の水を外に撒くと、瞬時に一面真っ白になり凍って

同級生のワンさんと

しまうのであった。

そんなきびしい冬だが、楽しみ方もいろいろある。ウサギ追いは学校行事の代表的なもので、一年生から六年生まで一列に並んで原野を囲み、兎を徐々に追い込む。そうしてウサギが自分の所に来たら棒で叩くという原始的な狩猟である。

私も一度だけ参加した記憶があるが、冬の行事であるため、ほとんどは足が凍傷になり参加できなかった。不参加組は皆が帰って来るまで、教室でストーブを焚きながらおしゃべりをして過した。

当時どんな気持ちでその遊びを受け止めていたのか覚えがないが、今考えると絶対参加したくない行事としか思えない……。

先生も生徒も、私が日本人であるとわかっていたが、皆好意的だった。

しかし一度だけ、友達と街を歩いていたとき、道端にいる男の子が私に向かって

「日本鬼《リーベングィ》！」と言い、石を投げて来たことがある。

初めてであった。最初ちょっと驚いたが、ひどいとか無茶を言っているとは全然思わなかった。

じっとこらえ、通り過ぎた。一緒にいた友達も何も言わなかった。

子供ながらに相手の立場を理解していた。日本人にひどいことをされた中国人の心境を思うと無理もない……。ちょっとしたからかいであろう……。

後にも先にもない、たったの一度の出来事だった。


中国の学校では、試験のとき、答案ができたら先生に出し、教室から出ても良いことになっていた。果たして私が勉強していたのかどうか覚えていないが。とにかく、私より歳上ばかりの同級生たちを相手に落ちこぼれもしなかったから、頑張っていたのだろう。落第も飛び級もあるのに、ちゃんと進級できていたのだから。

そう言えば解放直後は、啓発を目的にした革命の演劇があちこちで行われていた。

私も銀行の演劇チームで役をもらい、銀行のお兄さんやお姉さんたちと一緒にラジオ局に行って、放送劇の収録をしたものだった。

人の台詞《セリフ》まで覚えていたので、本人がいない時には、替わりにその人の台詞まで言っていた。基本的にお芝居が好きだったようだ。

人民銀行支店長夫人母子（左）と

母の望郷の念高まる

叔母が天津に行った後、母はたった一人の日本人として中国人民銀行で頑張っていた。私の楽しい学校生活とは裏腹に、望郷の念が日増しにつのっていく母の姿を見るのが辛かった。――さみしかったのだろう。

ありがたいことに、母は異国人であるにもかかわらず、私たちはペチカのある銀行の寄宿舎に住まわせてもらっていた。環境はとても快適だった。銀行でも順調に昇任し、職場の表彰式では同僚の中国人と同様に表彰されていた。

母と職員はよく大部屋に集まってマージャンをしていた。仕事の後、卓球をしたり、他の会社との合同ダンスパーティーもよくあった。無論私も同じように子供同士で踊ったものだ。職場の人たちと外食する時は、私も連れて行ってくれた。

私も高学年になり、学校が楽しくなっていた。ところがその頃、夜になると、母は宿舎でよくお酒を呑んで、涙ぐんでは「雨降りお月さん、雲の中〜」と歌っていた。

母の同僚と

今想うと、母が飲んでいたのは東北地方の「白酒」と言われる五〇度以上もある高粱酒だったようだ。寂しさは極限に達していたのだろう……。

——子供心にも切なくなるような、その光景が今でも鮮明に甦る。

だが、当時の私にはどうすることもできなかった。

引揚げ決定

小学校を卒業した私は、中学の入学試験を受け、結果を待たずして日本に引揚げることになった。昭和二八年の春頃だろうか。母が私に、「日本に帰れるようになったよ！」と遠慮がちに言った。もちろん、私は嬉しいわけがなかった。

間もなく、身辺がにわかに忙しくなった。どうやら日本に帰ることが決まったらしい。それを境に、母の寂しそうな顔を見ることもなくなったような気がする。

引揚げ前に記念撮影

六年生になっていた私は、仲良しの友達もでき、学校生活が楽しくなっていたから、日本に「帰る」なんて考えられなかった……。しかし現実がどんどん迫って来る。なごりを惜しむかのように、友達の家に泊まりに行くことも度々あった。

帰国のことは学校全体にも知れ渡り、先生からも日本のことをいろいろ聞かれるようになった。

それからの日々、勤務先の銀行で母は同僚との記念写真を日替わりメニューのように、毎日撮るようになった。私の同級生たちも毎日の如く写真屋に行き、私と記念撮影をする日が何度となく続いた。当時は写真を撮る唯一の手段は写真館に行くことであり、当然自動車などはないから歩きで行くことになるのである。

学校でも職場でもサイン帳が回された。母の同僚や先生、クラスメイトからのメッセージも、「共産党のために奮闘しよう」、「打倒帝国主義」とか、「離別」「奮闘」「革命」という、シュプレヒコールが聞こえて来そうな言葉がページを埋めつくした。（小学生といえども、立派に共産党の思想が植えつけられ、強烈な反帝国主義思想教育をされているのが分かる――、これを洗脳と言うのであろう。）私は、その一言一言に感激して、励ましに呼応するかのように闘志を燃やしていた。

今に残るセピア色のアルバムから当時の情熱が窺える。

名残り惜しい日々～中国の友人たちと

夏の終わり、別れの実感が迫って来た。母は心浮き立ち、私は寂しさが押しよせ、できることなら時の流れを止めたかった。

中国は九月が新学期である。夏の終わりに、私はみんなと同じように中学校に進級するための入学試験を受けた。離別を惜しむ友人たちとの写真撮影はその頃も続いた。「体制の異なる国へ帰る」ことの意味は、小学六年生の私でもぴりぴりと伝わって来た。母はアルバムの集合写真から、制服に写っているバッジの文字が読めないよう、ナイフかなにかで削っていた。

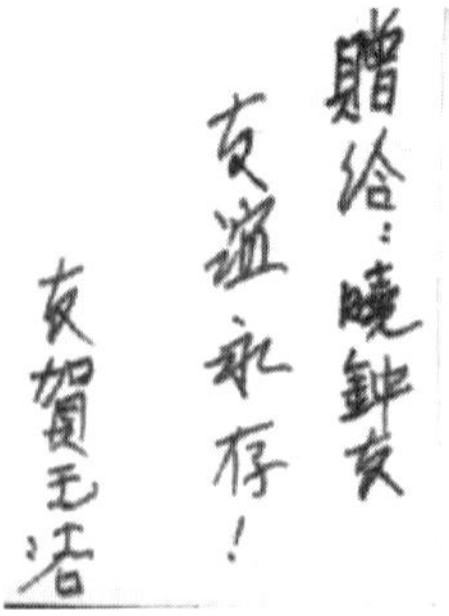

写真の裏に書かれたことば「友誼永存」。（永遠の友情）

荷物の携行には制限があったので、ほとんど処分しなくてはならなかった。私は、一番仲の良い友達の家に、荷物をもらって欲しいとお願いしたが、きっぱり断られた。分からないでもない。資本主義の国に帰る人の物などもらえるはずがなかった。後で密告されると、反革命分子のレッテルを貼られ、制裁を受ける恐れがあるのを彼らは身にしみて分かっていた……。

結局、誰ももらってくれる人はなく、荷物をそのまま置いてきた。

惜別～未知の国日本へ～　1953

黒山を発つ朝、大勢の友達とその家族が見送りに来た。私と母は馬車に乗り込んだ。お互いが見えなくなるまで手を振った。

内陸部の黒山から、とりあえず汽車で沿岸部の天津へ移動する必要があったようだ。（五年前、引揚げ証明書を厚生労働省から取り寄せたとき、出航する港が天津の塘沽と書いてあった。）引揚者を収容する天津の施設では、同い年の子供たちと街を散歩したり、おやつを買いに行ったりして、結構楽しかったと記憶している。もちろん子供同士の会話は中国語であった。

いよいよ船に乗り込む。不安と未知への期待は大人だけの心情で、私たち子供はただはしゃいでいたように思う。

帰国の船旅は、昔、母がよく言っていたように、三日三晩かかったようだ。大人たちは船酔いに悩まされていたが、我々子供はそれをよそ目に、朝はラジオ体操の日課。夜になると甲板に出て、不気味なほど真黒い海原を見ては、はしゃいでいた。

何かにつけて子供が集められていたから、おそらく日本語の勉強、ひらがなの読み書きをさせられたのだろう。後で分かったのだが、日本赤十字社の人たちが天津から入国まで、ずっと付き添ってくれたそうだ。

舞鶴へ上陸

真っ黒い海の上で二晩、三晩を過ごした。

いよいよ島が見えてきた。それが日本だと大人たちは一様に喜び勇んだ。子供もみんな甲板に出てはしゃいだ。

島がさらに近づいたとき、私たち子供は日本に対してあたかも敵対意識が沸き立ったかのように、「日本の警察なんか怖くないぞ……」と島に向かって、銃で撃つ真似をしていた。もちろん私も……。

私たち子供は、みな共産党の教育をそのまま受け入れていたのである。純粋な子供に特定の思想を植え付けることは、かくも簡単だったのだ！

乗船した引揚船「高砂丸」

そんな無邪気な戯れも、突きつけられた現実から逃れることはできなかった。夢からさめ、船で仲良くなった友達とも別れを告げ、いよいよ下船。ところが、かなり長い時間船上で拘束された。共産圏からの引揚げだから検閲も厳しかったのだろう。みんな船上から出迎えの人に向かって声をかけたり、名前を呼んだりしていたが、子供にとっては全てが未知の世界。肉親の顔も知る術はなく、ただただ親について行くしかなかった。

桟橋を下りて、私たちは体育館みたいな所に集められ、荷物の検査を受けた。子供同士は住所を教えあうこともなく、バラバラに親にくっついて行った。母たちは日赤の職員さんと仲良くなったり、親しい人と住所を交換したようである。

上陸した港は舞鶴港。私の記憶が正しければ、私たち引揚者も荷物と同じように噴霧器で白い粉をかけられ、消毒の洗礼を受けた。とにかく、解放されるまで長い時間がかかった。

そして、私たち親子に関しては、思いもよらない現実が待ち受けていた。帰るつもりの家には帰れず、やむなく母の生家に身を寄せることになったのだ。

伯父たちと対面

私が母から、父の家（鹿児島）に帰ると聞いていたはずだが、なぜか父は来ておらず、荒木の伯父（母の兄）と木村の叔母（母の妹）が舞鶴港まで迎えに来ていた。

母たちは抱き合って泣いていた。私の年から逆算すると十数年ぶりの再会だろう。

その横で私は、ただただキョトンとしていた。懐かしいとか嬉しいとか、そんな感情は全くなかった。周りの全てがめずらしく感じられ、戸惑いと不安があるだけだった。やっと私の存在に気がついた荒木の伯父と叔母たちが、私に話しかけた。……でも、日本語のできない私にはさっぱり分からなかった。その後、伯父たちに連れられて、街へ出ることになった。初めて乗る電車、服装も中国にいた時とは全く違う人たち。やがてデパートのような所に着いた。目的は私と母の〈改造〉だったようだ。

当時の中国は日本より物資が豊富で、みすぼらしい格好はしていなかったと思うのだが、母は人民服でも着ていたのだろうか。私は紺のワンピース姿だった。

京都まで電車で行ったようだ。初めて乗る電車、華やかなデパート……、帰りには行きとは違う薄いピンクのワンピースを着せられていた。気恥ずかしい想いをしたのを覚えている。

車中では叔母たちがニコニコして私に語りかけた、「……？．？」、私も「？．？．？」とうつむく。きっと母が通訳したのであろうけれど、小学校入学から卒業まで中国の学校で学んだ私は、日本語が全く話せなかったのである。

天草に向かう

昭和二八年だから新幹線はまだない。おそらく京都から汽車に乗ったと思われる。何時間乗っていたことだろう。母たちが、「今海の下だよ！」と言うのを聞いた。引揚船に乗るまで海も見たことがなかった私に、関門トンネルなど理解できるはずがない。ただ真っ暗で何も見えない時間がしばらく続いた。

やがて景色がひらけ、明るくなった頃、駅に停まった。母たちはそわそわしはじめ、私もデッキに連れ出された。プラットホームには一人の叔母さんが四歳ぐらいの男の子と、女の赤ちゃんを抱っこして立っていた。

その人は母の妹で門司に住んでいた岩竹の叔母だった。私たちがプラットホームに下り、姉妹が抱き合い、しばしの対面の後、汽車の旅はさらに続いた。やっと熊本に着いたときは、夕暮れを迎えようとしていた。当時の汽車は想像できないぐらい遅い。

その夜は、熊本県警に勤務していた木村の叔父（舞鶴港に迎えに来ていた叔母の夫）の官舎（水前寺公園の近くにあった）に泊まった。

その頃の私はグズで、恥ずかしがりで、優柔不断で意気地のない子だった。母はそんな私を憂慮していた。

「これからは、何でもハキハキ答えなくてはいけないよ！」とか、「何でもさっさとやりなさい！」と、うるさいぐらい言われていた。

そんなわけで、その夜、木村の叔父が「こっちにおいでと」と手招きすれば、行ってちょこんと座るし、何か言われると「はい」と頷くというお利口ぶりだった。緊張していたのである。今の十一歳は、いくらなんでも親戚の叔父さんの膝なんかに座らないだろう……。

次の日の早朝、叔父たちが私のために熊本動物園に連れて行くように手配してくれた。初めて見るいろんな動物……、昨夜から甲高い声をあげて鳴いていた得体の知れないもの……、それは象であることが分かった。

母の実家に落ち着く

叔父のいる熊本から天草に渡るには、三角港から船に乗るルートしかなかった。今でこそ九州と天草を結ぶ「天草五橋」という橋ができているが、当時は連絡船しかなかったのだ。

朝早く動物園に行き、その後すぐ熊本を出たはずだが、母の実家である天草の片田舎・小宮地に着いたのは、九月末の昼下がりであった。

まず、バスに揺られて着いた所は、どこを見まわしても山と田んぼ……、道はでこぼこでほこりっぽい、まさに田舎そのものだった。

母の生家がある小宮地役場近くにあるバス停で降りたのだが、驚いたのは沿道両側いっぱいに日の丸の旗を持った村人たちが出迎えに出ていたのである。私は戸惑うばかりだったが、母は感慨深い想いにひたり、きっと私の存在など頭になかったのかもしれない。その後、小宮地役場に帰国の挨拶に行ったようだ。

母の実家は舞鶴に迎えに来てくれた荒木の伯父（長男）が家を継いでおり、私の祖父母にあたる人はすでに他界していた。父のいる鹿児島の始良《あいら》に帰るつもりが、天草の荒木の伯父の家に居候として落ち着くことになったのである。伯父の家は一家八人で、牛も馬も飼っていた。

私はその時までそこに居候するという実感はなかった。次の日から役場に戸籍の手続きやら、私の学校の編入などなど、あちらこちらと駆け回った。当然日本語の分からない私をどうするか?という問題から検討しなくてはいけなかった。私もまた不安であった。

父のもとに帰れなかった事情

父の想い出は、四歳の記憶のままで止まっている。父のことは想像したこともなく、今さら一緒に暮らしたいと思ったこともなかった。

日本に帰ることが決まったとき、正直戸惑った。

父は鹿児島の出で、もともと結婚している青年だったらしい。事もあろうに親が決めた嫁さんが嫌で、ひとり大陸に渡ったのだった。一旗上げてやろうと思ったのだろうか。それにしても身勝手である。

かたや母は、朝鮮に渡り、天草の親戚の叔父さんが経営するリンゴ園の手伝いをしていた。そのリンゴ園は結局うまくいかなかったが、日本に帰国することなく中国大陸に渡ったのであった。詳しい経緯は分からないが、父と母は中国と朝鮮の国境近くの町で知り合ったらしい。

こうして鹿児島のわがままな青年は、なぜか二五歳の母と一緒になり、家庭を持ったのであった。父は中国で建築関係の会社を立ち上げ、中国人の大工を雇って事業を軌道に乗せたのであった。

話を戻すと、そもそも母が日本に引揚げる決心をしたのも、どうやら父がシベリア抑留から日本に帰還し、母に手紙を書いたかららしい。そこから私たちの引揚げ話が一気に進んだようだった。やっと親子水入らずで暮らせると思ったからだろう。

しかし、現実は厳しかった。

実は、迎えに来ていた荒木の伯父たちが、密かに父のことを調査したら、父が鹿児島で元の妻一家と暮していることが分かったらしい。伯父は父に、「妹はこちらで責任持つから、迎えに来てくれるな！」と釘を刺したらしい。また、「今後静代（母）のことは一切援助してくれなくても良い」ときっぱり断ったとのこと。

当時のこととて真相は分からないが、私が成人した後、父が私の勤めていた小田原の幼稚園にこっそり会いに来てくれたとき、父から聞いた話である。父が援助をしなかった言い訳でもあった。

（お母さんは、私を高校や短大に行かせるため、どれほど苦労したか……）

私の心中は穏やかではなかった。

そんなわけで身内の援助も、公的援助も受けられないまま荒木の伯父の家に居候する道しかなかったのであった。

父の生活環境については、私には一切知らされていなかった。ただ一度だけ、学校から帰ると、伯母や従姉妹たちが「お父さんが会いに来ているけど、憲ちゃんたちは○○の叔父さんの家に泊まりに行って」と言われた。私は内心「父は強行に私たち母子を連れ戻そうとしているのだろうか？」と思った。

その日、私たちは少し離れたところの親戚の叔父の家に泊まった。次の日従姉が私たち親子を連れに来て、父と対面させられたのだった。

父は荒木の伯父の家に泊めてもらい、伯父と父が話しあった。本来であれば、荒木の伯父は私たちに会わせないつもりだった。だが、どうやら父が「会わせるまで帰らない」と頑張ったらしい。

次の日私たちは、泊まっていた叔父さんの家から帰り、父と対面だけさせられたのだった。

あの逃亡以来、初めて見る父……。背景と人物の像は浮かぶが、どうしても父としての実感が私には湧いてこない。父と母は、劇的とも言うべき対面をした。母は涙交じりで父と語り合っていた。父がシベリアに連れて行かれた後のことを語っていたのだろう。やがて父は私のところに来たが、どう向き合えばいいのか分からなかった。

聞かれたことだけに頷く私。間が持てない気まずさ……。時間の流れの遅さに苛立った。

その日父は帰って行った。特段悲しい、とか名残り惜しいとかの想いはなかった。

父が会いに来てくれたが、私たちの生活には何の変化もなかった。母もふっきれたのか、仕事探しへの焦りは度を増した。母まで居候するわけにはいかなかったのだ。荒木の伯父はやはり父の支援を固辞したのだろう。実は、当時の父は実業家だったから支援する資力は十分あったはずだ。鹿児島で、学校に寄付したり、慈善活動をしていたということも宮崎の叔母（父の妹）から聞いて分かった。学校を作るための支援をしたという話も聞いたことがある。

結局、私と母は「熊本男児と鹿児島男児の意地の張り合い」に振り回されたのだ。そんな父の支援を受けず、最後まで清く生きた母を、私は誇りに思う。

小学校生活の始まり

天草の小宮地小学校に編入するにあたり、事前に校長先生にお会いして、言葉の分からない私をどうするかの話し合いがもたれた。既に中国では小学校を卒業していたのだが、「こうも日本語が分からないのじゃ、どうしたらいいのだろう」ということなのだろう。結局、いきなり六年生に編入するのは酷だろうということで、従弟（伯父の末子）のいる一年生のクラスに入った。しかも、全く知らない子の隣りよりも従弟の隣りの席の方が心強いだろう、ということになった。

従弟やみんなとは意思の疎通が取れないので、身振り手振りで何とかなった。おかげで、学校生活では不自由は感じなかった。

下校後、親戚の家に招待されたり、挨拶に伺ったりと忙しかった。母は嬉しかったかも知れないが、私にとってはとんでもない迷惑で「何でこんな所に来てしまったのだろう……」と悲しかった。

ある日、伯父の家に親戚が訪ねて来たときのことである。母は懐かしいのか、涙を流したり、笑ったりしていた。しかし私の居場所はそこにはなかった。私はいつしか納戸の方に消えた。縁側の縁にしゃがみ込んで中庭の梨の木の根元を見つめ、ポタポタ涙を落としていた。

しばらくして、気がついた母や叔母たちみんなが、私のところに来てくれた。きっと「どうしたの？」と聞かれたと思うが、その問いかけに、よけいに悲しくなり、しゃくりあげて泣いてしまった。

母たちだけが再会を喜び、はしゃいでいた。楽しそうにしていた母を横目に、日本語が通じない私は、深い疎外感に見舞われたのだった。

どうしてこんな所に来てしまったのだろう……。その頃、「中国に帰りたい」と何度も母に言ったのを覚えている。母も私の気持ちを汲んでいたのだろう、そのことでとがめることは一度もなかった。

時が流れ、いつしか私も日本語が少しずつ理解できるようになり、孤独な寂しさと、中国に帰りたいという思いは、徐々に薄れていったのであった。

学校で嫌だったのは、休み時間になる度に廊下の窓越しに私をのぞきに来る生徒たちだ。まぶたがひっくり返るほど睨んだものだ。

しかし、高学年の女の子たちが休み時間の度に迎えに来てくれ、よく遊んでくれたので寂しい思いはしなかった。先生の計らいだったのだろう。

国語などの勉強も、家の近くの先生が「いつでも教えて上げるからおいで」と自宅に来るように言ってくれた。

そんな環境の中で、日本語も徐々に話せるようになり、勉強も追いついてきた。一年生のクラスにはさすが三カ月ぐらいしかいなかった。

こうして小学校一年生を皮切りに、三年生数ヵ月と飛び級し、五年生の子たちとはずっと一緒に進級することができた。

しかし、学校生活は、決して楽しいことばかりではなかった。

あるとき、九九の暗誦が課題になり、並んで言わされた。中国の小学校六年を卒業して帰ってきた私は、掛け算、割り算は難なくこなせた。それなのに日本語で九九の暗誦をする必要がどこにあるのだろう……。納得いかなかった。中国の九九を頭の中で思い浮かべ、日本語に訳して口に出す――なんと意味のないことだ！　計算ができれば良いではないか？――でも、私は主張できなかった。先生も私の扱いに困っていたことだろう。

算数、珠算は問題なかったが、言葉はなお時々おかしな言い回しをしては、みんなに笑われた。でも決して悪意のある反応ではなかったので、顔を赤らめながら、一つ一つ直してもらった。

今思うと、校長先生や職員全員が、戦争がもたらした稀なケースに特別な配慮をして下さったものと思う。

下校してからは、近所の子や高学年の子が私と遊んでくれた。そんなお陰で、私は自然と日本語を身に付けることができた。

学習面でも追いつき、帰国五年目にして公立高校（天草高等学校）に合格したのであった。

そんなわけで私の同級生は二歳年下である。

母と離れ離れに 〜小学校高学年〜

荒木の伯父の家族構成を紹介しよう。伯父（母の兄）と伯母、六人の子供がいて、上三人が私より年上の女の子、下は私と同い年の子と年下が二人である。

そこへ私と母が転がり込んだから、食事時には十人になり、それはそれは賑やかだった。しばらくした頃、母は村の役場の臨時職員の事務職に採用され、私もなんとか学校に慣れてきた。

そんなある日、学校から帰ると、従姉が「今日から母ちゃんはおらっさんよ（居ないよ）。本渡という所に仕事に行ったけん。帰って来らっさんよ」と言われ、一瞬心が凍った。

（なぜ？　なぜ私に黙って……。）

私を守ってくれる唯一の人が……。心の中で何かが崩れていくのを感じた。そんな動揺を悟られないように従姉の視線から目を反らし、顔がくもっていった。

その日から、私はもうお客様ではいられなくなったのだった。従姉や叔父、叔母に言われたことは、なんでもしなくてはいけなかった。

伯父も、従姉たちも遠慮はなかった。井戸の水をつるべで汲み上げて、桶に入れ、バランスがうまく取れなくてゆらゆらする二つの桶を肩で担って風呂場まで運び、五右衛門風呂に入れるのであった。

農家にとっては重要な家畜、牛も飼っていた。三頭の牛のために豆粕やイモ等の飼料を配合して、直径一二〇センチ程ある鉄釜で炊き上げるのも私の仕事だった。

風呂にしても、炊事にしても、薪を使うということは大変なことだった。杉の葉っぱで焚き付けるのだが、いったん燃えつくといいのだが、煙たいのと、泣きたいのと、真っ黒な手で眼をこするものだから、もうくしゃくしゃ……。ご飯時には、そんな顔で給仕をしたり、お茶を淹《い》れたのであった。

こうして十二歳の少女は学校と家事の両立をし、心にいっぱい自分で処理できない問題を抱えていた。

食事時はいつも、「ハハハ、今日も髭ばかいたかい」と伯父にからかわれていた。当時はまだテレビは普及してなく、ラジオの時代だった。食事時みんな楽しそうにラジオに誘われて笑っていたが、私はおかわりをしそうな人をいち早く見つけて、ご飯をよそってあげなくてはならなかった。

朝残ったご飯を目安に夕食の分を炊く。叔母と従姉と私は、まず冷ご飯を食べるのだった。伯父と男の子には炊きたてのご飯をよそってあげる。「炊いたご飯が足りるだろうか?」というのが一番心配だった。お櫃《ひつ》のご飯が少なくなってくると、責任上箸で少しずつ口に運ぶように食べた。

お皿が足りなくても「のりちゃん！」、お茶がなくなっても、後片付けも全て「のりちゃん！」。私はいつもピリピリしていた。きっと伯父や伯母は、農作業をして帰って来ると、へとへとだったのだろう。

あの頃の想い出は、できればうすい色の絵の具でぼかしたい。朗らかなはずの少女の顔から笑みが消え、いつしか笑わない中学生になっていた。

それでも学校だけが唯一の自分らしく過せる空間だった。下校が近づくと気持ちが沈み、家に帰るとやることが次から次とあり、一変して暗い少女になっていた。

夕飯を食べ、片づけが終わった後、回り縁（縁側）に行って月を仰いだ。涙をぽとぽと落として、泣いた。月だけが私と母をつないでいると思ったのだ。

やがて涙をぬぐい、何事もなかったかの如く部屋に戻った。

学校で気分が悪くなり……

ある日の午前、授業中に急に気分がわるくなった。吐き気に腹痛……。担任の先生は私を荒木の伯父の家ではなく、学校から比較的近い木村の叔母（舞鶴に迎えに来てくれた母の妹）の嫁ぎ先、つまり警察官の木村叔父の生家に送ってくれた。恐らく私が木村叔父のお宅を希望したのだと思われる。

荒木の家は皆畑仕事に行って、日中誰もいない。たとえ誰かがいても、私にとって甘えられる環境ではない。木村の家はタバコ屋を営んでいた。私が息抜きできるように、時々私を店番に呼んでくれた。そんな気兼ねのない雰囲気だったので、少なくとも自分が欲しいものをストレートに言える。安心して病人でいられる――。

その日は、学校に行く時から何となくおかしいと思っていた。木村の叔父の家に着いた時は、ぐったりしていた。

叔母が母に連絡してくれたのだろう。夕方には母も本渡市からバスで駆けつけた。大した病気ではなかったが、居候の肩身の狭さは、身体の不調まで我慢するようになった。

母も辛かったと思う。年齢的にも肉体的にも少女になりつつある私を、母として近くにいられないだけに、気が気ではなかっただろう。

私が二六歳で結婚する時、母はまわりの親戚に「憲子には本当に苦労かけた……」としみじみともらしていた。

母が住む本渡市から私がいる小宮地まで、バスで一時間弱。山間部を走る唯一の交通手段。少女一人で母を訪ねて行くには遠かった。そんな私のため、母は授業参観、懇談会、全ての学校行事に来てくれたのだった。

厳しい環境下での中学校生活

肩身のせまい環境は、いつしか私の性格を変えていき、家では全然笑えなくなっていた。

それに気がついた伯父たちが食事時、私を笑わせようとするのだが、私は笑いを殺し、声に出して笑うことはなかった。唯一思う存分笑ったり、はしゃいだりできる学校が、私の最も快適な居場所となった。

朝寝ていると、三つ上の従姉がバシャン、バシャンと雨戸を開け始める。皆に「起きろ」という合図だった。

真冬とて例外ではない。それでも起きなければ、従兄弟や私の布団をパッとはがしに来るのである。無理やり起こされるわけだが、嫌な顔するわけにはいかない。

私は次々と従兄弟たちの布団も畳み、押入れに入れる。チビの私にとっては上の段に積み上げるのは大変な仕事であった。

風呂は男から順番に入り、その後伯母が入って最後は従姉たちと私である。

朝の食事の仕度は伯母がするのだが、私は皆の布団をたたみ、食事ができるまで柱を磨いたり、床を水拭きし、配膳を手伝う。

私は食事の後片付け全部終わってからしか学校に行けないが、従兄弟たちは食事が済めば、さっさと学校に行くのである。

叔父たちは早々農作業に出かけ、従姉も「頼むね」と畑に出かけてしまう。自分の親であれば、「学校に遅れるからやっといて」とわがままを言うところだが、そう言うわけにはいかなかった。

今ひとつ忘れられないことがある。当時田舎では、女の子は中学校を出て一部の人は大阪の日清紡などに集団就職していたのだ。数年してお金が貯まって嫁に行く年頃になると、天草に帰って来た。

荒木家の従姉（長女）も例外ではなかった。私が中二のとき、そのお姉さんが帰って来たのだ。大広間いっぱいに荷物を広げ、「これ母ちゃんの…」「これ父ちゃんの…」と土産を配りだした。私は、そこにいるのが場違いのような気がしたけれど、（ひょっとして私にも……）という期待感で広間をうろうろしていた。でも（やっぱり、ここには私の居場所はないのだ。居候だもん……）と気づかされて、私はその場から離れ、納戸にこもった。

この苦い思いは深く心に刻み込まれ、後々私が成人になってから、「できる限り分け隔てをしない」こと、そして「一人だけ淋しい思いにさせないよう配慮する」ことを心がける元になった。

遅刻事件

ある日、朝食事の片付けを全部終わり、足早に学校への道を急いだ。ところが校門に一人の先生が立って遅刻者を待ちかまえていたのである。だが、私は腹をすえていた。

案の定、先生に「おい！遅刻だぞ！」と言われた。（後片付けを全部終えて登校すると、どうしてもこんな時間になる……。）でも、そう言ったところで言い訳にしか聞こえない。私は悔しかった。

それはたしか中二のときのことで、京都大学（旧三高）出たての若い熱血教師、永田先生が私の担任だった。私たちのクラスは、毎日日記を書くのが宿題だった。私はその悔しい思いを、涙ながらに日記に書いたのである。

次の日、私は永田先生に呼ばれた。先生は私が置かれた状況をよく把握していた。小さい学校のこと、引揚げわずか三年余りで、ひとり伯父の家に居候している私のことは村全体に知れ渡っていたはず。

「憲ちゃんのことは、よく聞いているよ。お母さんと離れて一人でよく頑張っているね！」と言われたとき、涙がどっと溢れた。胸につかえていたものが取れて、しゃくり上げるほどに泣いた。しばらく涙が止まらなかった。

やっと理解してくれる人を得たのだ。永田先生は、実は私の遠い親戚に当たるお寺に下宿していたのである。

その一件があって以来、永田先生との交換日記が始まり、いろいろ悩みを聞いて下さるようになった。大きな味方を得た。

永田先生は三年生まで持ち上がり、高校受験までずっと見守って下さった。先生も私のことが不憫で、気にかけずにはいられない存在だったに違いない。ことあるごとに、気にかけてくださったように思う。

言い出せなかったPTA会費

ある朝のこと、たしか中学二年生だった。朝食後の片付けを終え、いつでも登校する準備はできていた。だが、まだ伯父から学校に持って行くPTA会費をもらっていなかった。

どう切り出そう……。伯父は仕事に出かける準備をしていたようだ。私は土間を掃きながら……いや、わざともたもたと掃除し、同級生の従弟が先に言ってくれるのを待った。その時、従弟が「父ちゃん」と切り出したのである。
「PTA会費の要《い》っとけん……」と。しめしめ、私はゆっくりゴミを塵取りに入れた。伯父は「憲子もいっとかい？（いるのか？）」と聞いて来た。私は小声で「はい」と答えた……。ほっとした一面、情けなかった。決して忘れることのできない苦い想い出」となった。

楽しかったこともたくさんあった。

中学校生活自体は楽しかった。学習面も含め、学校にいるあいだは楽園だった。母が来てくれる授業参観は、唯一の楽しみだった。母はいつも和服で来てくれていた。休み時間になるとすぐ駆け寄って行った。

友達もそんな母と私を羨望のまなざしで見つめ、私のそばに寄って来た。母も同級生たちにいろいろ話しかけていた。

母が私を伯父の家にひとり取り残して行った先というのは、親戚が営んでいる本渡の旅館であった。だから常々和服でいることが多かった。

授業参観

授業参観がある日は、荒木の伯父の家に帰るのではなく、母も私も木村の叔母の家でご飯を食べた。食べた後、母はまた本渡へと帰って行った。

母は中国の銀行で働いた経験があったため、旅館の帳場をまかされていた。旅館にいるあいだに母は調理師の免許を取り、さらに茶道や華道を習い、池坊の教授免許を取って女中さんたちに生け花を教えていた。

夏休みや春休みなどは、私が母のいる本渡に出向き、二、三日お泊りした。母はバスが到着する終点まで迎えに来てくれ、帰る時は停留所まで送ってくれた。

私はガラス越しに母の姿が見えなくなるまで手を振った。

運動会

中国の運動会は前述のように、選ばれた人だけが出る運動会だった。だから日本に帰ってから、自分が主役で出られることが嬉しかった。

最初にトラックを走ったのは、引揚げてきてから二年目の秋。まだ中学年クラスに席をおいていたが、運動会だけは高学年の人たちと走った。身長の順に並んで走らされ、けっこう良い順位でゴールしたのを覚えている。

一番嬉しかったのは、地区対抗リレーに出た時だ。バトンを受けた時、私たちの地区はかなり遅れていたが、徐々に追い上げて行き、私よりも身長が高い子を追い抜いた。賞品がもらえた時代だったが、何をもらったのかは記憶がない。

新聞作り

中学二年の秋だったと思う。学級新聞を作るメンバーに入れられた。授業が終わってからも学校に残って皆で頑張ったが、なかなか進まない。

そこであるクラスメートの家に、三人ぐらいで泊まりこみで編集することになった。伯父たちの許可を得るのに少し勇気がいるが、「いいよ」と言ってくれれば、友達の家で楽しく過すことができる。伯母に聞いたら意外にも快く許可してくれた。

その夜、そこのご家族から手厚くもてなしてもらい、その夜はかなり遅くまで起きて新聞作りをした。よく笑い、よくしゃべり、とても楽しい一夜を過ごし、次の日は一緒に学校に行った。

修学旅行

中学校二年の修学旅行は関西方面に行った。汽車に乗るのは私以外は皆初めてであった。もちろん、担任は永田先生。

いよいよ京都の旅館に宿泊。それぞれの部屋割が決まり、荷物を解いた。クラスはA組とB組であったが、仲良しの子は違うクラスにいた。夕食を早く済ませ、外に散歩に行くことにした。そこである五〇歳代の技術の先生に、「舞妓さん見に連れて行って」とせがんだ。すると先生は「よ~し。じゃあ今から行くか」と先生も乗り気になっていた。私たち三人は先生について行った。

ところが先斗町に着いて、舞妓さん、舞妓さん……と騒いでいるうちに、門限に近づいていたのだった。焦った。さすがの私たちも、先生に一番迷惑がかかることは百も承知。

四人で足早に旅館に向かった。「なんと言い訳しよう！」と誰もが考えていた。旅館の玄関に着いた時、永田先生が仁王立ちで私たちを迎えた。何も言わず「こっちに来て下さい」と技術の先生に言った。勿論私たち三人もお説教部屋に誘導された。私たちは小部屋に通されたあと、まずお歳を召した技術の先生が、永田先生に叱られた。本当に申し訳なくて、見るに忍びなかった。

今度は私たちへのお説教だ。私たち三人が一番悪いのは重々承知している。「先生がついていながら、こんなことをして」と技術の先生が非難の矢面に立たされた。技術の先生も永田先生の前で深々と頭を下げ、自分より若い先生に謝った。私たちも永田先生に謝った。

受験のための補習

三年生の夏休み、私たち進学組はほとんど毎日、補習があった。昔のこと、塾はなし、家にいてもテレビはなし、学校の補習はひとつのサロンの要素もあった。嫌がる者はあまりいなかったようだ。

当日は何の科目かは忘れたが、とにかく担任の永田先生ではなかった。誰がどうやって情報を持ってきたのか分からないが、本渡の映画館でポール・ニューマン主演の映画を上映しているのを知った。

誰から言うとはなしに見に行くことになった。補習と言ってもA組、B組八〇人のうち進学はわずか十五人ほどであったのだ。だが、その日は七、八人ほどしかいなく、結局、全員映画に行ったのであった。

それからというもの、私はポール・ニューマンが大好きになったのである。

楽しい映画の代償は……、永田先生の教鞭用の長い物指しの洗礼だった。朝のホームルーム。覚悟はみんなできていた。四〇人全員が先生の来るのを待っていた。

永田先生がガラッと教室のドアを開けた。クラス全体に緊張がはしった。補習受けに来ていなかった子まで知っていたからだ。

次の一瞬、「昨日補習を受けずに映画見に行った人前に出ろ！」

覚悟はできていたとは言え、先生の威厳に完全に飲み込まれていた。潔く前に出て行き並んだ。如何なるおシオキも受け止める心の準備はできていた。

先生は何も言わず、授業用の物指しでお尻に一発見舞ったのであった。次から次へとおケツを叩き、「席へ戻れ」とおしゃった。

清々しかった。

私たちも心から反省した。永田先生も二度とそのことを取り上げて叱ることはなかった。

進学についての意見の違い

お正月の祝いムードにひたっている間もなく、進学のプレッシャーが押し寄せて来た。私の進路について母・木村叔父と荒木の伯父が真っ向から対立した。

母と木村叔父は、私の高校進学を全面的に応援してくれた。ところが、荒木の伯父は、「女の子は簿記学校に行って事務員になればよか。早く嫁にいけばよか」、そして何よりも「早く働いて母ちゃんを助けんといかんばい」と言った。

私は進学校を受験して、大学にも行きたかった。「女の子は大学に行かなくていい」という封建色の濃い九州の地……、だが私と母の強い意志が変わることはなかった。そこには永田先生の絶大なバックアップも働いていた。

学校でも家でも、いよいよ受験が現実になってきたが、家事の配分は以前と何も変わらなかった。

そんな中を時間を見つけて勉強するには、夜遅くまで起きているしかなかった。

ある夜、後片付けが終わりコタツで勉強していると、叔母がトイレに起きて来た。

「ま〜だ起きとっとかい！　電気もったいないから、早く寝ろ！」と叱られ、私は仕方なく寝るしかなかった。

同級生の従弟は、食事と風呂が終わればすぐ勉強にとりかかれる。だが私はそんなわけにはいかない。下校したらすぐ干してある籾《もみ》を取り入れ、洗濯物も取り入れる。夏であれば裏の川で叔母たちの仕事着の洗濯もしなくてはならない。その後、前述の風呂の準備だ。

その傍ら牛の餌と同時に夕飯の仕度もしなくてはいけない。ご飯は羽釜で炊く。料理もすべて薪で炊くのだ。あの当時、電化製品といえばラジオぐらいだろうか……。

食事が終わるのを見計らってすぐ片付ける。風呂に入ってやれやれと思った時、午後八時はとうに過ぎている。そこからが私の勉強のスタートである。座敷で勉強をそろそろ終えようとしている従弟が羨ましかった。でも成績では決して負けることはなかった。叔母はその事実が面白くなかったのかも知れない。

受験～楽しかった高校生活

受験の前日、私たち受験組は本渡市に宿泊する必要があった。

学校が終わり、まだ夕刻にならないうちに私たちは永田先生の引率でバスに乗った。

行き先の旅館は母が働いている旅館であった。

私も嬉しかったが、永田先生もよく知っている人がいる旅館ということで、安心感があったようだ。その夜は、皆翌日の最終チェックをして就寝した。

二日間で九科目の試験を全部終え、私たちは先生の引率のもと小宮地へ帰って行った。

やがて合格発表があり、天草高校を受けた者、農業高校を受けた者、実業高校を受けた者、全員が合格した。卒業式を終え、バラバラになる友達と別れを惜しんだ。高校は本渡市の母のところから通学することになった。母と私は伯父、伯母たちに別れを告げ、本渡の母の旅館に移ったのである。

今思うと、当時一六歳の世間知らずの少女が、果たしてきちんと感謝の気持を伝えられたのか定かでない。やっと親子水入らずの生活が始まると、私は一人うきうきしていた。何しろ自分の家ではなく、今度は旅館での居候生活が始まったのだから。一六歳にもなって旅館の仕事も手伝わず、ぶらぶら遊んでばかりいては母も肩身が狭かったことだろう。今だから分かるが、でも当時はそんな母の説教が嫌でならなかった。

高校生活が始まると、まず授業料の減免を申請しなくてはならなかった。母子家庭としては仕方のないことだった。こればかりは友達について来てもらうわけにはいかない。おそらくひとりで学校事務に行き、申請用紙をもらいに行ったのだろう。

審査が通り授業料半額免除になった。だが皆には知られたくないため、毎月の授業料の支払いはいつも一人で事務に納めに行っていた。一方、居候していた旅館の息子さんと若奥さんは共に天草高校の教師だった。若奥さんは、武蔵野音大卒の音楽教師だったのだ。

母は私にピアノを習うことを勧めた。私も楽器が好きだったから、すぐに入門した。後に短大の幼児教育科に入った時大いに役立った。

高校二年の時熊本国体があり、本渡市は軟式野球の会場となった。居候していた旅館には札幌商業の軟式のナインが宿泊した。天草高校の新聞部が札幌商業の野球部に取材を申し入れ、座談会を旅館で開いた時、私もせっせと手伝いをしたことを覚えている。交流会を開いたり、応援したり、国体の開催中は夏休み期間であったが楽しい毎日だった。

やがて試合もなくなり、明日は天草を発つという日、ピッチャーの人と旅館の廊下でバッタリ出会った。「札幌商業の徽章を上げるから、何かと交換しよう……」と言われたのだった。心ときめかせ彼と話していた時に母が通りかかり、バツが悪かった。その時何をあげたのか、どうしても思い出せない。

次の日朝早くバスに乗り込む彼らを見送り、見えなくなるまで手を振った。一抹の寂しさはしばらく尾を引いた。いや勉強に手がつかないほどだったと記憶している。その頃文通していた東京の大学生から手紙が来てハッと我に返った。

数年後、短大一年の冬休みを利用して、北海道の名寄にある同級生の実家に行った。その時ついでに札幌に彼らを訪ねて行った。皆社会人となっていたが、退勤後に来てくれた。一人はキャプテン、一人は前出のピッチャー。四年のブランクはあったもの

熊本国体で宿泊していた札幌商業ナイン

の、年月の隔たりを感じることなく三人で酒を酌《く》み交《か》わした。なつかしいひととき
だった。

叶わぬ進学、母に反抗

いよいよ高校三年生となり、進学を短大にしぼったが、家計を考えると公立しか受けられない。授業料半免の経済事情ではとても私立には行かせてもらえない。ただ、一つだけ譲れないのは、関東の大学を志望したい……ということだった。

熊本には公立の短大はあまりなく、神奈川県の保土ヶ谷栄養短期大学なら公立だし私でも入れるだろう、と先生からも言われていた。

必死とまでは言えないが、受験勉強に打ち込んだ。夏休みが近づき、母も先輩のお宅を回りながら仕送りのことを聞いてまわっていたようだ。

夏休みのある日、母は私を呼び、神妙に言った。

「憲子、やっぱり保土ヶ谷栄養短期大学に行くのは難しい……。今そこに通ってい

る先輩の家に伺って聞いたら、寮に入ったり下宿するにはかなりお金がかかり、どうしても出せない……」

私は何も言わなかった。母とは眼も合わせなかった。

そしてその夜、私は母のもとに帰らなかった。絶望感が押し寄せ、どうしようもなかった。坂瀬川という町に住んでいる友達の家に泊まりに行った。さすがに、母を心配させるわけにいかないので連絡だけは入れた。

高校２年生の頃。母と

そんなことがあって、進路を仕切り直すことになり、不本意ながら就職を考えざるを得なかった。とはいえ天草には産業がない。就職も大変である。

そんな頃、法政大学を出たばかりの親戚のお兄さんが、熊本市で商事会社を設立するから私を事務員として採用するというのだ。母も親戚なら安心して預けられると賛成した。こうして熊本で初めての自炊生活が始まった。

就職、母の再婚

熊本市では女の子ふたりでの自炊生活だった。

仕事は決して楽ではなく、すぐギブアップしては、いつも母に弱音を吐いていた。でも母は、「どんな仕事でも二年は辛抱しなくてはいけない」と辞めさせてくれなかった。

幸い熊本市内に木村の叔父が住んでいた。土曜の夜になるとホームシックにかかっていた私を警察官舎に呼んでくれた。また、木村の叔母も私のアパートに会いに来てくれ、レストランでご馳走してくれた。仕事は嫌だったが、私生活では当時流行っていたダンスホールに行ったりして、楽しかった。

その頃、私は二〇歳になっていた。

ある日、母が突然、再婚すると言ってきた。「そこの親戚が憲子にも会いたがっているから、日曜に帰って来てほしい」と言う。

正月が過ぎたばかりの寒い日、初めて会う義理の父に違和感を感じながら、しぶしぶ天草に向かった。

初対面の義理の父、地元に嫁いでいる娘さん（義理の姉）、神戸で船のメンテナンス会社を営んでいるという息子さん（義理の兄）たちは皆良い人だった。

不思議なことに、その義理の兄のお嫁さんの名前が静江で、私の母は静代。さらにそこの娘さんの名前が典子で、私が憲子。何か因縁みたいなものを感じた。

結局、母だけが入籍し、私の戸籍は変わらなかった。母は私が二十歳になるまで、再婚の話を全て断っていたようだ。

短大へ〜初めての寮生活

それから半年、つまり母が再婚して一年足らずの頃、母は突然「今でもまだ大学に行きたいか？」と聞いてきた。

私は「行きたい……」と答えた。

「もし行きたいのなら、お父さんが応援してくれると言ってる」

つまり義理の父が学費を出してくれるというのだ。

仕事の内容がどうしても合わなかった私は、義理の父の好意に甘えることにした。早速高校から成績表を取り寄せた。二年のブランクがあり、試験を受けるのは無理。書類審査で入学できるところを探すしかなかった。やっと探しあてたのが、東京の杉並にある保育短大だった。

何はともあれ念願の東京行きがかなうことになったのだ。母をはじめ、「東京は〝生き馬の目を抜く〟と言われる所だから、くれぐれも気をつけるように」と心配していたが、私はうれしくて仕方なかった。

二月か三月だったか、短大入学が内定した。四月には上京し、短大の寮に入った。誰かがついて来てくれた記憶はないので、たぶん一人で上京したのだと思う。

東京駅に着くと、木村の叔父が連絡してくれていた親戚のお姉さんで会社員のみやちゃんが迎えに来ていた。みやちゃんは、警視庁に勤めている一番上のお兄さん、大学生の二番目のお兄さんとの三人暮らしだった。

私は彼女に連れられて高輪にある長屋（共同住宅）に行った。そこには入学式前の二日間滞在させてもらい、入学式にはみやちゃんが同伴してくれた。長屋は炊事も洗面もトイレも全て共同だった。夜はひと間に皆で雑魚寝である。

警視庁勤務の長兄が弟妹の面倒を見ていた。今の若者には想像がつかないだろうが、昔はみんなそうだった。

みやちゃんは、あまりにも消極的で頼りない私を見かね、「これから東京で暮らすのだから、もっとしっかりしなくては駄目よ」と説教をした。忘れもしない。ずばり弱点を指摘されてしまった。

入学式には皆、地方から親御さんが来ていた。私はみやちゃんが代わりに入学式に来てくれ、終わった後、お礼を言って別れた。

その夜から寮生活が始まった。寮の学生は地方出身者ばかりで、北は北海道から南は沖縄。と言っても当時はまだ沖縄は復帰前だったから留学生扱いであった。

在学中は、心理学、幼児教育から折り紙、絵画、ピアノまでを履修し、短大生活は結構忙しかった。

二年になると幼稚園に配属され、半日実習、午後は講義だった。なんと言っても怖いのはピアノのレッスン。ある先生は東京芸大卒業、昔にしては長身で、品があって、いつも着物姿で凛《りん》としていた。生徒の横に坐り、びしびしレッスンしていた。その先生のレッスンを受ける人は、四人に一人は泣きながら帰って来たものだ。幸い私が習った先生は、皆から〝大福〟とあだ名をつけられた、まさしくその通りふくよかそのもの。やはり芸大出だったが、おばちゃん風で厳しくない先生だった。

寮では当番制で自分たちで食事を作った。会計からお金をもらって買い出しをし、献立も自分たちで考える。朝ごはんから作るのでテスト週間や冬は大変である。でも、そのお陰で北から南までの郷土料理を味わえた。

ここはミッション系の短大だったので、食事前には寮長のお話があり、お祈りをしてからいただくのが常だった。週に一回は夕食後に例会があり、聖書を輪読し、お祈りをした。下宿生と比べると大変であったが、いろいろなことが身についた。

一年の時に東京オリンピックがあったので、友達とよく競技場や選手村付近に行った。

その年、木村の叔父が中野にある警察大学に入校していた。ある日曜日に叔父に呼び出された。私は沖縄の友達を連れて会いに行った。叔父は警大の銀杏並木を案内しながら、「ここは昔陸軍士官学校だったんだよ」と教えてくれた。それから中野界隈のレストランに連れて行き、ご馳走してくれた。ホームシックにかかっていた私たちは、身内の温かいもてなしに心が満たされた。

東京中野にある警察大学に叔父を訪ねて

やがてホームシックも完治し、自分たちで吉祥寺とか荻窪まで遊びに行くようになると、態度も厚かましくなり、門限ぎりぎりまで遊んで来るようになった。

そう言えば吉祥寺の歌声喫茶や新宿の「カトレア」にもよく足を運び、グループサウンズを聴きに行っていたものだった。

門限が過ぎそうな時は、あらかじめ門限名簿に九時ぎりぎりの時間を記入してくれるよう同級生に頼み、玄関からは入れないので、同級生の部屋の窓をたたき、窓から侵入した。なかなかの知能犯だった。もちろんいつも三、四人で遊びに行っていたから大胆になっていたのだろう。

夏休み冬休みは、ほとんど青森や北海道の同級生の家を訪ねていた。

今思うと、そうした行為は母へのささやかな反抗だったのかもしれない。しかし母は私が天草に帰省するのを待っていたのだった……。

短大最後の旅行は、沖縄の友人が地元に帰るのに合わせてついて行った。本土復帰前のこと、都庁でパスポート替わりの渡航証明を申請しなくてはいけない。

沖縄の友人がついて来てくれた。が、いざ書類をもらってみると記入表は全て英文。仕方なくゆっくりと記入し始めた。簡単な部分はいいが、少し複雑になると全くわからない。私は友人に「もういい。あきらめる」と弱音を吐いた。

でも友人は「大丈夫、ゆっくりやれば良いから」と、ふたりで何とか必要な部分だ

沖縄を旅行する（1970年）

け記入し、受け付けてもらった。数日後、麹町の保健所に行き、いろいろな予防接種を受けた。こうして沖縄渡航が実現することになった。

三月の中旬、友人とふたりで鹿児島まで行き、次の日埠頭から沖縄行きの船に乗船した。到着に一昼夜以上かかったような気がする。次の日からさっそく名古屋の名城大学に留学していた弟さんに案内してもらい、那覇をはじめ本島中部を訪れて一週間の旅を終えた。

帰りは私一人である。鹿児島港に上陸の後、鹿児島本線で熊本に向かった。就職する前に母に会っておこうと思い、熊本の木村叔父の家に立ち寄ってから天草に帰ろうと思った。

ところがなんと、母が天草から出てきていた……と言うより、私のあまりの風来坊ぶりに痺れをきらし、先回りして待ち伏せしていたと思われる。

母は泣いていた。その涙には普通に育った人にはわからない複雑なものがあった。またしても母を悲しませてしまった……。

母は、私があまり天草に帰らない原因を、義理の父に遠慮して天草に帰りづらいのではないかと思っていたようだ。正直それも確かにあったし、母に対しても葛藤があったと思う。私と母はいつしか本音で話せなくなっていたのだ。

幼稚園に就職

昭和四〇年四月、私は神奈川県小田原市の私立幼稚園に就職。一人で部屋を借りての生活が始まった。

幼稚園で最初に受け持ったのは、初めて親から離れる年少の子たちだった。最所の一週間は大変だった。園の門を閉めるのだが、親を追いかけて帰ろうとする子、ずっと泣いている子、あやされて泣きやむ子、それでもお弁当食べる頃には、皆ニコニコしていた。園は小田急沿線ののどかな場所にあり、父兄の人たちも親切だった。

私は部屋でスピッツ犬を飼い、自炊をしていた。通勤は小田急線で二駅。土曜日になると東京の同級生が二人ぐらいやって来て、三人でワインを呑んでは、それぞれ幼稚園でたまったストレスを吐き出しあった。休みには、私が東京に出て行くこともあった。

地方に戻って就職した人もいたが、それぞれ夏休みを利用して同級生の家に遊びに行ったり、私の下宿先に遊びに来る人もいた。

二年目になると年長さんを受け持ち、子どもたちも落ち着いてきて、四〇人ほどいたクラスの子たちと一年間を楽しんだ。

そんなある日、園長先生が「父兄の方が先生に会わせたい人がいるそうですよ。会ってみますか？」とお見合いの話をもってきた。

その頃私は二五歳になっていた。当時の二五歳と言えば結婚は遅い方である。一応話を受け、見合いをした。

木村の叔父に相談したところ、警視庁勤務の甥（前出みやちゃんの兄）に頼んでみるから、まだ相手に返事はするなと言う。一週間ほどして電話があり、「憲子、この話は断っておけ」と言われた。実は相手に少し問題があったようだ。

次の日、園長先生に丁重に断りを入れた。その親戚のお兄さん、休日に東京からわざわざ来て聞き込みをしてくれたのだ。さすが本職、すごいな〜と思った。

父のこと

ある日園長先生が、「お客様が面会に来ているよ」と言う。

園長室に行くと、それは父であった。十数年会っていなかったが、すぐにわかった。父は「父娘が離れ離れだった経緯」を園長先生に説明していた。私は夕方に会えるよう時間の調整をして教室に戻った。園長室で、父はまだしばらく話していたようだ。

夕方、父は宿泊先の旅館から私の部屋にやって来た。二人でいろいろ話したというより、父が一方的に話す方が多かった。一番訴えたかったのは、「なぜお前たちに援助しなかったのか?」ということのようだ。私には言い訳にしか聞こえなかった。

父はよほど母にほれていたのか、「お母さんはいい女だった!」と口にした。年頃の娘としては聞きたくないことだった。

夕食をご馳走してくれることになり、外に行く準備をしている時、「お父さん、今夜おまえの所に泊まってよかか？」と父が聞いた。が、私は頭を横に振った。小さい時、父のかいたあぐらの中にちょこんと坐っていたことは覚えていたが、絶交していた期間の長さが私に違和感を感じさせた。

その夜、夕飯をご馳走になり、父と別れを告げた。それ以来一〇年会うことはなかった。どうしても部屋に泊めることができなかった私は、父を悲しませたと思う。もっと父を理解し、やさしくしてあげるべきだった……。

父は若い頃、北朝鮮と隣接する中国の町で母と知り合い、そこからロシアと中国の境を流れるアルール河（中国では黒河）の国境の町に渡った。私はそこで生まれたのだ。

60歳代の父（鹿児島にて）

異国で男一人で会社を立ち上げることは想像以上に大変だったろう。追い討ちをかけるように、戦後の過酷なシベリア抑留。父はシベリア抑留で、病気になって日本に強制送還されたのだったが、耐え切れずシベリアで命尽きた者もたくさんいたはずだ。母が「一時《いっとき》」も祖国を忘れなかったのと同じように、父もそうであったろう。きっと、いつか親子水入らずで暮らすのを励みに耐えてきたに違いない。

ずっと父に対して拒否反応を抱いていた私だったが、自分が結婚し、子を持つようになってから、やっと父のことを許せるようになった。

結婚後のまだ子どもが小さい時、父はどこで調べたのか、私の家に電話をかけるようになった。ある時私が電話に出たら、「憲子か？」といきなり問われた。私はすぐに父だと分かった。

父は電話をかけるのによほどの勇気がいったようだ。何度かかけたようだが、夫が出たため、すぐに電話を切ったこともあったらしい。父と名乗れず、びくびくしながら電話したのだろう。娘を想う親の気持ちを思い知らされた。

父が八七、八歳の時、後妻さんから電話があり、「憲子に会いたい言うよるから、鹿児島に出て来んね」と言われた。

私も「これが最後だろう」と直感し、まだ子どもが小学生だったが、ひとりで鹿児島に行った。

父が迎えた後妻さんは日赤病院の婦長をしていた人で、在宅で注射したり、栄養管理をしてもらっていた。父は腎臓を患っていたが、自宅に居ながらにして透析や注射などの治療を受けていたのだ。ちゃっかりしてるなあと思った。

それから数年後のある朝、後妻さんから電話があった。

「お父さんが、夕べ息引き取ったとよ……」

「そうなの。……私行けないけど、後でお香典送ります」と言った。

悲しかった……が、行ける立場ではない。遠く離れた豊田市で手を合わせた。

何一つ親孝行もせず、父に反感を抱いてばかりだった。でも、今では父を誇りに思っている。享年九〇歳だった。

それ以前に、天草の義理の父の葬儀には参列した。同じく享年九〇歳だった。

母と喧嘩

母と電話する時はいつもたわいもない話で始まる。

夫と喧嘩したり、気分が滅入った時は私の方から「天草に帰ろうかな……」と電話することが多かった。

母は決まって、「何かあったんでしょう」と聞く。私も決まって「う〜ん、うん〜何にも……」と心配をかけまいと否定した。

でもこの日は違った。母の方から電話があった。

いつもの如く世間話から始まり、「あ、そうだ。この前鹿児島からお金送ってきたよ」と私が言ったとたん、母は「どうしてそんなお金受け取るの！」と怒った。

「お金が必要だったらこっちから送る。どうしてそんなお金受け取るの！」

「だって……」

そんなことで怒るんだったら言わなきゃ良かった。黙っていてはいけないと思って知らせたのに……。

「私だってお金がほしくてもらってるんじゃない！」

「そんなことで怒るのなら、何故今までのこと、もっと話してくれなかったの？　私には何にも話してくれない……」

後は涙で声にならず、私は電話を切った。涙がとめどなく溢れた。

母は意地でも父の援助を拒否したかったのだろう。一番援助がほしい時に何もせず、「何を今さら」と思うのは私も同じだった。

しばらくして、電話が鳴った。母だった。

「さっきはごめんね。あなたのお父さんだから憲子が好きなようにすればいいんだよ……」と……。

私は「そんなに嫌だったらこれから断るから」とやり取りが続いた後、普通の会話になったが、お互いバツが悪く、「じゃあね！」と電話を切った。

それ以降、母と私の間では父のことを話すことは一度もなかった。父が他界した時も母には知らせなかった。母はずっと父のことが許せなかったのだ。

後で聞いたことだが、父は天草の義理の父が他界した後、母の所に電話をかけてきたらしい。母がはっきり、「二度とかけて来ないで」と断ってからは一度も電話はなかったという。

母は強く、そして凛とした人であった。

幼い頃のこと

7歳の頃（錦州にて）

終戦時の異常な逃亡体験が影響したのか、小さい時はとても怖がりで、電灯を真っ暗にすると眠れない……。そんなことがかなり大きくなるまで続いたようだ。

四歳で妹をふたりとも亡くしているから、私は一人っ子同然の環境で育った。

依頼心が強く、甘えん坊。いつも母と手をつないでいないと、不安で気が落ち着かなかった。母も母で心配性で、私に対して過保護気味だった。

小学校の低学年の頃から「母ちゃんが死んだら、私ひとりっきりになっちゃう」という想いがいつも心の底にあった。中国には親戚は誰もいないという認識を拭い去れなかった。

そんな心理状態だったから、いつも母にべったりくっついていたのだろう。母はそんな私に時にはうんざりしていたようで、よく手をふり払われたのを覚えている。泣く時も声をあげず、しくしくと泣いていた。

幼い頃の写真を見るとふっくらとしていて、皆から「のんこちゃん」と呼ばれていた。自己主張ができないから、いつも周りが私の代わりに代弁してくれた。こんな性格は中学生頃まで続き、周りの友達が常に私を守ってくれていた。

高校になると自分でも気づき、「このままでは駄目だ。母から離れなくては……」と思うようになった。

東京にはあこがれて行ったのだったが、結局、都会の仕組みと寮生活が私を大きく変えた。しかし、主張できない性格はずっと潜在した。ひとり旅を好み、ひとりが気楽に思えるのもその影響だろう。

おわりに

幼い頃の戦争体験、終戦後無一文で日本に帰って来てからの体験……。すでに忘却の彼方に置き去りになっていた記憶を辿って、拙い文でしたためてみた。

本書に登場するほとんどの人物が、この数年間で他界した。

四年ほど前に稲城の近藤さんのご主人が他界され、昨年、妻の美穂子さん（近藤さんの叔母）が亡くなられた。

そして平成二四年四月には、私の人生に大きな影響を与えてくれた熊本の木村の叔父を突然亡くした。

平成二五年一月二日には、母静代も、九八歳でしずかにしずかに逝ってしまった。

ただ一人歴史の証人として宮崎の叔母（父の妹）が健在であり、執筆中も何度か電話で確認したり、教えていただいた。

犠牲になった多くの女性や幼子の命日は、一様に八月一五日と記されたようだ。もし戦争が起きていなかったら、皆どんな人生を送っていたのだろう。

この戦後七〇年の節目の年に、素人の私に出版の機会が与えられたことを感謝し、執筆中、後押しや励ましをしてくださった元国連難民高等弁務官の冨田先生、前天草市長の安田様に心より感謝いたします。

また、矢作新報社の新見克也編集長をはじめ、取材にあたり協力していただいた方々にもお礼を申し上げたい。

筆の遅い私を励ましてくださった風媒社の劉永昇編集長にも、あらためて感謝申し上げます。

戦争は二度と繰り返してはいけない。

私に残された最後の使命は、後世に伝えたい一心で書き上げたこの本を土産に、登場人物のそれぞれのお墓にお参りすること。とりわけずっと反抗してきた父の墓には、砂漠に没した妹敏子も一緒に眠っている。報告と懺悔の旅に出よう。

母静代から孫たちへの手紙

原稿を書き上げた二〇一五年（平成二七）正月、母の三回忌を済ませた。遺品を整理しながら、母から私の息子たちに届いた手紙を一通一通読んでいるうちに、涙があふれた。母がこれほどまでに私のことを案じてくれていたのかと、あらためて痛感したのだ。三人の娘のうち二人を中国で亡くした母だが、そんな自分の痛みよりも、私を一人っ子にしたことに、ひどく罪悪感を抱いていたようだ。その思いが書面から痛いほどくみ取れた。

そんな母の思いが息子たちに届くように、ここに手紙の一部を転載し、あわせて義理の父と、私を娘のようにかわいがってくれた木村叔父から母への手紙も各一通転載した。

母静代から三人の息子へ

けんちゃん・まあくん・よっちゃん　殿

三人の孫え（ママ）　おばあちゃんからのお願いが有ります。実は私ももう80才になって終《しま》いました。何時《いつ》お迎いが有るかも解りません。毎日、心の準備をして居《お》ります。

此《こ》の頃　三人の夢をよく見て、眠れない夜も有ります。

けんちゃんとまあくんは自分の結婚の事も考える年頃になりますね。

相手を良く見て、両親にも相談してあせらずに、自分のお仕事を真面目に、会社の上役の方に信用して頂ける様に努力して下さいね。

そして若《も》し相手が見付かったら、思いやりの有る交際をして下さいね。

若しばあちゃんが亡くなったら、憲子は姉妹もなく、あなたたちだけが頼りになるのですから、なるべく話し相手になって上げて下さいね。

男の子だからお話もすくないと思いますけど、母親を思うやさしい心が有ればそれで良いのです。

お父さんだってそう何年も会社勤めも出来ないでしょう。三人で心を合せて両親を助けて上げて下さいね。

憲子も余り健康でもないのですから、無理しない様に手伝ってやってね。仕事の手伝いじゃなくて、心と心。三人ともに青年になったのですから、大人として母親の気持ちも汲んで上げてね。兎《と》に角《かく》、思いやりの有る暖かい心の人間で有って欲しい！

おばあちゃんの最后《さいご》のお願いになると思います。

この手紙　両親に見せて下さい。

祖母より

追伸、けんちゃん！　お酒ばかり強くてもお嫁さんは見付かりませんよ。一人前の大人だから少し考えてお酒はほどほどにして下さい、お願い。

＊

義理の父から長男へ

けんちゃんが　パパやママからもらったおこづかいを　おじいちゃんにも
たくさん　おくってくれて　ありがとう。
けんちゃんは　まあくんと　よっちゃんの　にいちゃんだから　パパと
ママのゆうことを　よくきいて　きょうだい　三にん　なかよく　いつも
げんきで　あそびなさい

おじいちゃんより

けんちゃんへ

※注　私が二十歳の時、母が再婚した。義理の父は息子たちにも良くしてくれた。

＊

木村叔父から母静代へ

静代姉上　様

今日はひさしぶりに憲子が参りましたので便りを託します。

この二、三日寒さが続きますが、その後御様子如何でしょうか。

昨年末御見舞伺いを申し上げており、なかなか未だにかなわずにおりまして誠に申し訳ない次第です。

今年は是非御伺い致さねばと二人で話しておりますが、二人共身体不調で思った通りならず、この願いがかないます努力しているところです。

雪代さんとは週一回位で逢っており、その都度姉さんの噂さ話しに花を咲かせております。

私達二人共八五才代になりました。

互いに生きているうちに今一度御逢い出来ることを願う事切です。

美寿乃《みすの》が次の様に申しております。

入院生活色々御不自由のこととお察しいたします。時折り伺って御かいほう出来ない事が残念のきわみです。御許し下さい。

義美、美寿乃

二月二日

静代姉上様

注　本文中に登場する元熊本県警だった木村の叔父が母に宛てた手紙。叔父は八二歳の時、瑞宝双光章を受章。手紙に出て来る雪代は美寿乃の妹。三人の中では母静代が一番上になる。この姉妹は、なお健在。

叙勲受章祝賀会にて挨拶をする木村叔父。(2004年)

平和運動への第一歩　―横山憲子さんの勇気に敬意

前天草市長　安田 公寛

私が横山憲子さんに初めて会ったのは、平成二三年の秋でした。彼女は天草で入院中のお母様のお見舞いの帰途、市長室に私を訪ねてこられたのです。とても明るく可愛い笑顔が印象的な方でした。私の父と彼女が同郷ということもあって昔話、思い出話に花が咲きました。話題が尽きようとする頃、彼女はおもむろに三十枚ほどの原稿用紙を私の前に差し出して、『読んで下さい』と言われたのです。それは当時、『矢作新報』に連載中の『女たちの大陸逃亡記』でした。―私の身近なところに未だ戦争の悲劇の中で生きている人がいる―私は涙ながらに読みました。

『このままではいけない。私のような辛い体験はもう誰にもさせられない。伝えていかなくては～』―彼女の勇気ある決意を私は感動の中に聞きました。彼女の明るさ、可愛い笑顔は、恐怖を乗り越えて必死に生き抜くうちに自然に備わったものかもしれないと思うと、私に何とも表現し難い切ない気持ちがわいてきました。「よし、私も応援しよう」―戦中生まれ、戦後生まれの違いこそあれ、ほぼ同世代の人間としてそう思いました。

つい先日、豊田市の素敵な喫茶店で久しぶりに彼女に会ったのですが、変わらぬ明るい笑顔で「ポール・マッカートニーのコンサートに行くの」と弾んだ声でとても楽しそうにいわれました。コンサートでポールが何を歌ったかは知りませんが、彼女はきっと心の中に平和な世界を思い描きながら『イマジン』を歌い、ポールと共に大きな声で『オブラディ・オブラダ（私の人生まだまだ楽しく続くよ）』と歌ったのでは……と、勝手に想像しています。

戦後七〇年、時機を得た出版になりました。一人でも多くの人々にこの本を読んでいただき、平和な世界の実現に向かって彼女と一緒に歩いていただければ幸いです。

安田公寛（やすだ　きみひろ）
一九四九年一〇月一四日、熊本県天草市に生まれる。七二年、熊本大学法文学部哲学科卒業。七五年、駒沢大学大学院（仏教学専攻）修了。
一九八七年度（社）日本青年会議所副会頭。一九八八～九一年、熊本県本渡市教育委員会委員長。二〇〇〇～〇五年、熊本県本渡市市長（合併前）。〇六年～一四年、熊本県天草市市長。一二年～熊本県市長会会長。
全国市長会　副会長